Harald Parigger

MORGEN IST WEIT

HARALD PARIGGER

MORGEN IST WEIT

GESCHICHTEN UM JUNGE LEUTE IM 20.JAHRHUNDERT

SCHNEIDER BUCH

Die Deutsche Bibliothek – CIP-Einheitsaufnahme

Parigger, Harald:
Morgen ist weit : Geschichten um junge Leute im 20. Jahrhundert / Harald Parigger. – München : F. Schneider, 1994
ISBN 3-505-00021-3

Dieses Buch wurde auf chlorfreies,
umweltfreundlich hergestelltes
Papier gedruckt.

Frankfurter Ring 150, 80807 München

Titelbilder: Süddeutscher Verlag
Illustrationen: Achim Theil
Umschlaggestaltung: Marianne Specht
Lektorat: Helga Jokl
Herstellung: Gabi Lamprecht
Satz: FIBO Lichtsatz GmbH, München, 11˙ Helvetica
Druck: Presse-Druck, Augsburg
Bindung: Conzella Urban Meister, München-Dornach
ISBN: 3-505-00021-3

Inhalt

Vorwort

„Schön ist die Jugendzeit!“ Das behaupten meistens bloß die, die sie schon länger hinter sich haben.

Wer sie gerade durchlebt, die Jugendzeit, oder mit seinen Erinnerungen ehrlich umgeht, der weiß: Die Jugend ist ein Abschnitt im Leben, der anders ist als das Erwachsensein, aber garantiert nicht immer schöner.

Klar, es gibt vieles, was man besonders intensiv erleben kann, wenn man jung ist: die erste erwiderte Liebe, das Gefühl, frei zu sein, die Neugier nach allem, was man noch nicht kennt.

Doch genauso intensiv empfinden junge Leute auch die Probleme, mit denen sie sich auseinandersetzen müssen: die enttäuschte Liebe, den Ärger mit Eltern, Lehrern und Vorgesetzten, die Angst vor der Zukunft. Dazu kommt, daß die Alten mit den Jungen oft nicht gerade zimperlich umgegangen sind; in der Schule hat man sie verprügelt, beim Militär gedrillt, im Betrieb oder im Haushalt schikaniert. Auch waren die Zeiten oft nicht so, daß es ein Zuckerlecken war, jung zu sein. Zwei große Kriege hat es gegeben, Armut, Unterdrückung und Ausbeutung, und immer waren junge Leute mittendrin im Schlamassel.

In Zukunft wird das nicht anders sein: Wenn die Umwelt weiter zerstört wird, wenn neue Kriege angezettelt werden, wenn Armut und Arbeitslosigkeit andauern, dann sind die Jungen davon genauso betroffen wie die Alten.

Dieses Buch erzählt Geschichten von jungen Leuten, quer durch das ganze Jahrhundert. Mal fröhliche und mal traurige Geschichten von Jungen und Mädchen unterschiedlicher Herkunft und unterschiedlichen Alters. In allen Geschichten gibt es nicht nur eine Hauptperson, sondern auch eine Hauptsache: Musik. Oder besser gesagt: Ein Lied, einen Song, Schlager oder Hit, irgendein Musikstück, das junge Leute zu der Zeit, in der die Geschichte spielt, besonders gern gehört haben. Denn die Lieblingsmusik von Jugendlichen sagt eine ganze Menge aus über ihre Wünsche und Hoffnungen, ihre Ängste und Enttäuschungen und damit auch eine Menge über die Zeit, in der sie gelebt haben.

Hitlisten und Charts existieren zwar erst seit den fünfziger Jahren. Auch eine ganz eigene Jugendmusik gibt es erst seit dieser Zeit. Aber ihre Hits hatten die Kids, die Teens und Twens schon immer, auch wenn man sie damals noch nicht so nannte.

Das Haus der Bayerischen Geschichte in Augsburg und der Franz Schneider Verlag in München haben dieses Buch gemeinsam konzipiert. Es ist für alle geschrieben, die mehr über das Leben junger Leute im 20. Jahrhundert lesen wollen als bloß den Satz: „Schön ist die Jugendzeit!"

Ännchen von Tharau

(1900)

„Und nachher fahren wir mit der Pferdebahn zur Floriansmühle und essen Kalbsbraten und trinken ein Bier dazu.“ Franz legte der Anna zwei Finger unters Kinn und hob ihr den Kopf. „Wär das nichts?“

Anna nickte bloß und strahlte den Franz an. Ja, das wär schon was! Aber er hätte vorschlagen können, was er wollte, sie hätte alles wunderbar gefunden!

Denn heute war Sonntag, heute hatte sie frei, vier herrliche Stunden frei!

Als sie nach dem Mittagessen abserviert hatte, hatte die Gnädige gesagt: „Wir brauchen dich heute nachmittag nicht, Anna. Du kannst dir freinehmen.“

„Danke schön, gnädige Frau, vielen Dank“, hatte sie gestammelt und war vor Freude rot geworden.

Schon seit vier Wochen hatte sie nämlich nicht mehr fortgehen können, immer war Besuch gekommen, und sie hatte aufwarten müssen.

Sie war schon ganz ängstlich gewesen, daß der Franz sich inzwischen nach einer andern umgeschaut hätte, nach einer mit mehr Zeit, die sich besser um ihn kümmern konnte. Aber natürlich war das alles Unsinn. Der Franz liebte sie doch. Das zeigten schon seine Postkarten, von denen sie jede Woche eine bekam, jede Woche! Und immer war ein wunderschönes buntes Bild vorne drauf. Nein, der Franz dachte an gar keine andere.

Auch heut war er wieder pünktlich um zwei in der Küche gesessen, hatte seinen Milchkaffee geschlürft und geduldig gewartet, bis sie heruntergekommen war, um das schmutzige Geschirr aus dem Aufzug zu räumen.

„Klappt es heute?" hatte er gefragt, und als sie freudestrahlend „Ja, bis halb sieben", gesagt hatte, da hatte er ihr vor den Augen der Köchin einen Kuß gegeben.

Sie war schnell in ihre Kammer gelaufen, in das gute blaue Kleid geschlüpft, hatte das Fransentuch von ihrer Patin über die Schultern gelegt, den Strohhut mit der rosa Schleife aufgesetzt und war wieder hinunter in die Küche gerannt.

Dann waren sie wie ehrbare Bürgersleute Arm

in Arm in den freien Sonntagnachmittag hinausspaziert. Und nachher würden sie zur Floriansmühle fahren und einkehren!

„Aber daß du so viel Geld ausgeben willst, Franz!“ rief sie.

„Es wird sich schon lohnen“, erwiderte er und lächelte dazu ganz seltsam. Was er wohl meinte?

„Komm jetzt!“ Er nahm ihren Arm. „Ich muß mit dir reden.“

Aufgeregt trippelte Anna an seiner Seite durch den Park. Er war heut so anders als sonst. „Nun sag schon, Franz! Was ist los?“

Franz rückte seine Mütze zurecht und zog seinen Uniformrock glatt. Dann räusperte er sich zweimal und begann: „In genau einem Jahr ist meine Militärzeit vorbei.“

„Ich weiß.“ Anna nickte. Sie sah ihn von der Seite an. „Eigentlich schade.“

Ja, er sah schon gut aus, der Franz. Er war zwar bloß ein Gemeiner, aber man hätte ihn auch für einen Feldwebel oder gar für einen Leutnant halten können, so gut saß die Uniform und so straff hielt er sich.

„Also, wenn sie vorbei ist“, fuhr er fort, „dann werd’ ich vom Vater das Geschäft übernehmen.“

„Ja, die Metzgerei. Und was willst du da mit mir bereden, Franz?“ fragte Anna und spürte, wie ihr Herz heftig klopfte.

„Du weißt es doch schon“, erwiderte Franz und lächelte. „Schau, ein Geschäft kann nur gutgehn, wenn auch eine gute Frau da ist. Eine, die fest arbeiten kann, die für die Kundschaft immer ein freundliches Wort hat und die auch ein bißchen was hermacht. Arbeiten kannst du, das hat mir die Köchin schon erzählt. Freundlich bist du auch. Und was den Rest betrifft ...“

„Ja?“ Anna wurde rot.

„Beim letzten Mal, da haben uns zwei von meinen Kameraden gesehen. Die haben gesagt: ‚Ein bißchen mager ist sie, aber sonst, Franz, sonst wären wir gern an deiner Stelle!‘ Na, und daß du mager bist, das kann man ja leicht ändern.“

„Das hast du schön gesagt, Franz!“ So hatten ihr gleich drei Männer ein Kompliment gemacht, nicht bloß einer. Ja, er war wirklich galant!

„Eine Sache wär da noch ...“

„Sag's nur, Franz!“

„Wie schaut's mit der Mitgift aus?“

Anna blieb stehen und senkte beschämt den Kopf. „Nicht gut, Franz. Wir sind zu neunt daheim, und der Hof ist nur klein. Viel wird der Vater nicht geben können. Aber eine schöne Aussteuer hab' ich zusammengebracht. Das meiste davon hab' ich selber genäht. Das ist ja auch was wert, wenn eine gut nähen kann. Und von meinem Lohn, das sind jetzt achtzig Mark, die ich jedes Jahr verdien', da hab' ich auch das meiste gespart." Sie sah ihn so flehentlich an, daß Franz ganz gerührt war.

„Ich muß mit den Eltern noch drüber reden", sagte er. „Aber ich denk' schon, daß sie einverstanden sind." Er tätschelte ihr die Wange. „Das wär also abgemacht. Und jetzt gehn wir noch ein Stückchen. Da vorn, beim Pavillon, da gibt's Musik, hörst du?"

Ja, sie hörte es, jenseits des kleinen Wäldchens, durch das sie spazierten, erklangen kräftige Männerstimmen, und Anna schienen sie schön wie der Chor der himmlischen Heerscharen.

Jetzt war sie eine Braut, eine richtige Braut, und in einem Jahr würde sie der Franz heiraten. Dann gab es keine Ohrfeigen von der Gnädigen mehr für einen zerbrochenen Teller, dann mußte sie keine vierzehn Tage oder gar vier Wochen warten, bis sie wieder einmal mit dem Franz ausgehen durfte, dann hatte sie ihn ja immer. Ach, es würde herrlich werden! Sie traten aus dem Schatten der Bäume heraus auf die große Wiese.

Da war eine Menge Volk unterwegs, Paare wie sie, tobende Kinder, gesetzte ältere Herrschaften, Leute jeden Alters und Standes. Vor dem Pavillon war ein hölzernes Podest aufgebaut, darauf standen zwei Dutzend Männer, alle im schwarzen Frack, und sangen.

Anna und Franz suchten sich einen Platz ganz vorne und lauschten.

Als die Sänger eine Pause machten, sagte der Franz: „Wart einen Moment, Anna!" Er ging mit raschen Schritten zum Podium, sprach auf die Sänger ein und drückte einem von ihnen etwas in die Hand. Dann kam er zurück.

Anna sah ihn fragend an, aber er legte nur einen Finger auf die Lippen und deutete auf den Kapellmeister. Der hob gerade die Arme, gab den Einsatz, und dann scholl es über Wiese und Wald direkt in den Himmel hinein, das Lied, das Anna so liebte:

„Ännchen von Tharau ist's, die mir gefällt,
Sie ist mein Leben, mein Gut und mein Geld.
Ännchen von Tharau hat wieder ihr Herz
auf mich gerichtet in Freude und Schmerz.
Ännchen von Tharau, mein Reichtum, mein Gut,
du meine Seele, mein Fleisch und mein Blut!"

„Zur Verlobung", flüsterte Franz, als die erste Strophe verklungen war, aber Anna hörte ihn gar nicht. Ein Gefühl des Glücks war in ihr, wie sie es noch nie erlebt hatte. Sie dachte nichts, sie begehrte nichts, nur die Musik erfüllte sie und die Gewißheit, daß alles, aber auch alles in Ordnung war. Sie merkte kaum, daß ein Strom von Tränen über ihr Gesicht rann und auf ihr Kleid tropfte. Nur langsam wurde ihr bewußt, daß man den kurzen Augenblick des Glücks nicht festhalten konnte, langsam begann sie die Welt wieder wahrzunehmen, und jetzt hörte sie auch den Franz.

„Ja, Anna, so beruhige dich doch, was hast du denn?“

„Nichts hab' ich, Franz, es ist nur, weil es so schön ist, weißt du, der schönste Tag in meinem Leben ist heut.“

„Wenn's dich so schwermütig macht, dann gehn wir lieber“, schlug Franz vor, der das alles nicht begriff.

Aber Anna schüttelte den Kopf. „Nein, nicht, wo es doch gleich zu Ende ist, das Lied. Hör zu, Franz!“

„Ännchen von Tharau, mein' Sonne, mein Schein,
mein Leben schließ' ich in deines hinein.“

Der letzte Ton verklang, und Anna klatschte in die Hände wie ein kleines Kind. „Mein Leben schließ' ich in deines hinein“, sagte sie. „Ich versteh' nicht genau, was damit gemeint ist. Aber es ist bestimmt etwas Wunderbares, etwas, das mit uns zu tun hat.“

Franz schaute ein bißchen mißmutig drein. Von solchen Sachen wußte er nichts, aber wenn er geahnt hätte, was er damit anrichtete, dann hätte er sich das vermaledeite Lied niemals bestellt.

2 0021-10

„Jetzt komm aber, Anna“, befahl, „ich hab’ Hunger und Durst.“ Er faßte sie am Arm und zog sie kurzerhand hinter sich her.

Plötzlich keuchte sie: „Wart, Franz, ich kann nicht so schnell!“ Sie nestelte an ihrem Kragen und zog ein Tuch aus dem Ausschnitt, das sie sich gegen den Mund preßte, während sie von einem heftigen Hustenanfall geschüttelt wurde.

„Ja, was ist denn, Anna?“ Na, das war vielleicht ein Sonntag! Da wär er besser mit seinen Kameraden zum Kegeln gegangen!

„Nichts ist, Franz. Ich hab’ mich nur etwas verkühlt, in meiner Kammer, da zieht es so. Aber es ist schon viel besser.“ Sie schob das Tuch schnell wieder ins Kleid, damit der Franz die vielen roten Tröpfchen nicht sehen sollte, die sie hineingehustet hatte. Er würde sich nur unnötig beunruhigen. Von dem Blut hatte sie bisher niemandem etwas erzählt, und wenn die Herrschaft dabei war, hatte sie den Husten immer unterdrückt, so gut es ging. Besser, keiner wußte davon. Und den Sonntag nachmittag würde sie sich auf keinen Fall verderben lassen. Jetzt war es ja erst mal wieder vorbei! „Hast du nicht Hunger und Durst, Franz?“ fragte sie.

„Also, dann gehen wir jetzt zur Pferdebahn!“

Es wurde wirklich noch ein schöner Nachmittag. In der Floriansmühle, beim dritten Bier taute der Franz wieder auf, und sie achtete einfach nicht auf die Schmerzen in der Brust.

Pünktlich bis kurz vor halb sieben brachte er sie dann heim, gab ihr zum Abschied einen Kuß und sagte: „Also denk dran, was wir ausgemacht haben, und schreib deinen Eltern, daß sie ihre Erlaubnis geben!"

‚Denk dran!' Als ob sie das vergessen könnte! Anna schlüpfte durch den Hintereingang und ging die schmale Treppe hinauf. Kaum war sie in ihrer Kammer, da ertönte schon die Klingel. Herrje, warum mußte es denn gar so eilig gehen? Heut war doch Sonntag!

Anna zog sich rasch um, warf einen raschen Blick in den kleinen Spiegel, ob auch das Häubchen richtig saß, wusch sich Gesicht und Hände und eilte nach unten.

„Da bist du ja endlich!" Die Gnädige war ziemlich ungehalten. „Wenn man dir freigibt, so heißt das noch nicht, daß du bis zur allerletzten Minute wegbleiben mußt. Wir haben einen unerwarteten Gast heut abend; geh jetzt und bring das Silber auf Hochglanz!"

„Jawohl, gnädige Frau!" Anna machte einen Knicks und ging. Draußen vor der Tür seufzte sie leise. Den ganzen Abend Dienst! Dabei hätte sie so viel zum Nachdenken und Träumen gehabt! Später, als der Besuch da war, es war der Hausarzt, ein alter Freund des gnädigen Herrn, machte Anna ihre Sache so gut, daß sogar die Gnädige ihr ein freundliches Gesicht schenkte. Bis sie die Nachspeise servierte. Da bekam sie plötzlich ein solches Stechen in der Brust, einen solchen Hustenreiz, daß sie schleunigst die Schüssel abstellen mußte, damit sie sie nicht fallen ließ.

Sie zog ihr Tüchlein hervor und hielt es an die Lippen, aber es war zu spät, ein paar von den roten Sprenkeln leuchteten schon unübersehbar auf dem weißen Tischtuch. Anna stürzte hinaus, und während sie in der Diele an der Wand lehnte und keuchend nach Atem rang und hustete, hörte sie mit halbem Ohr, wie der Arzt sagte: „Die Kleine ist schwer lungenkrank, meine Liebe. Ist Ihnen das noch gar nicht aufgefallen? Sie ist ohne Zweifel seit längerer Zeit schwindsüchtig."

Kurz darauf kam die Gnädige herbeigerauscht und sagte nur eisig: „Darüber reden wir morgen. Jetzt geh in deine Kammer!"

Anna ging langsam die Stiege hinauf. Der stechende Schmerz in der Brust war immer noch da, und das Gefühl des Glücks, das sie am Nachmittag empfunden hatte, war verschwunden. Statt dessen hatte sie Angst, Angst vor der Krankheit, die plötzlich schlimmer geworden zu sein schien, und Angst vor dem Zorn der Herrschaft. In ihrer Kammer setzte sie sich aufs Bett. Sie fröstelte.

Schwindsüchtig war sie. Was hieß das: ‚Darüber reden wir morgen.‘?

Wenigstens hatte sie den Franz. Was auch geschah, er würde ihr schon helfen.

Aus der alten Kommode, die ihren ganzen Besitz enthielt, zog sie ein kleines Zigarrenkistchen hervor, in dem sie aufbewahrte, was ihr besonders ans Herz gewachsen war: ein silbernes Kreuz, ein Samtband, dessen Verschluß mit lauter kleinen Granaten besetzt war, die Postkarten vom Franz, das bunte Heftchen mit den schönen Geschichten darin. Auch ein weißes Papierchen war dabei, so eins, das von fern wie feine weiße Spitze aussah. In steiler, ungelenker Schrift war die erste Strophe ihres Lieblingslieds darauf geschrieben, das der Franz heute für sie bestellt hatte: „Ännchen von Tharau ist's, die mir gefällt ...“ Anna zog einen kleinen Bleistift hervor, befeuchtete ihn mit der Zunge und malte mühsam zwei Zeilen dazu:

„Ännchen von Tharau, mein' Sonne, mein Schein,
mein Leben schließ' ich in deines hinein.“

Dann ging sie ins Bett. Sie fühlte sich schwach und elend, aber die Angst war verschwunden.

Am nächsten Morgen, gleich nachdem Anna das Frühstücksgeschirr abgeräumt und der Hausherr sich auf den Weg in sein Amt gemacht hatte, rief die Gnädige: „Anna, ich habe mit dir zu reden."

„Jawohl, gnädige Frau?" Anna stand da und versuchte, gelassen zu wirken; ihr Herz klopfte wie rasend. ‚Anna, du hast doch nichts Böses getan', sagte sie immer wieder zu sich selbst, aber als sie in das verdrießliche Gesicht vor sich blickte, die steile Unmutsfalte über der Nase sah, da wußte sie, daß sie sich irrte.

Die Gnädige nahm einen Schluck aus ihrer Kaffeetasse, lehnte sich zurück und sagte: „Ich habe mich sehr aufgeregt gestern. Ich muß sagen, du hast uns sehr enttäuscht. Wir haben dich gut gehalten, und großzügig waren wir, meine ich, auch. Jedenfalls haben wir es nicht verdient, daß du unser Vertrauen so grob mißbrauchst. Dadurch, daß du uns deine Krankheit verschwiegen hast, hast du uns, die wir dir Arbeit und Brot gaben, in hohem Maß gefährdet. Was ist, wenn du uns angesteckt hast mit deiner Schwindsucht?" Die Gnädige machte eine Pause. Anna stand da, unfähig, sich zu rühren oder ein Wort zu sprechen. „Deine Krankheit macht es uns unmöglich, dich weiter bei uns zu behalten. Deine mangelnde Ehrlichkeit uns gegenüber verhindert, daß wir dies bedauern. Du wirst uns also noch heute verlassen." Sie wartete einen Moment, als ob sie damit rechnete, daß Anna etwas entgegnen wollte. Als das Mädchen sie aber nach wie vor nur schweigend anstarrte, sagte sie noch: „Wir haben uns entschlossen, trotz deiner Verfehlung auch weiterhin großzügig zu sein und dir ein gutes Zeugnis ausgestellt. Außerdem werde ich dir deinen Lohn bis zum Ende des Monats auszahlen, ja, die Summe sogar nach oben abrunden. Ich hoffe, du weißt das zu würdigen."

Anna schwieg noch immer.

„Wie du meinst." Die Gnädige schob ihr einen Umschlag zu. „Du kannst jetzt gehen und deine Sachen packen. Am besten, du fährst nach Hause und schaust, daß du gesund wirst. Dann wirst du schon wieder eine Stellung finden." Sie erhob sich und verließ den Raum.

Minutenlang noch stand Anna regungslos an der abgedeckten Tafel.

Keine Stelle mehr. Hinausgeworfen. Ohne recht zu wissen, was sie tat, griff sie nach dem Umschlag und stieg in ihre Kammer hinauf. Sie packte Wäsche, Schuhe und Waschzeug in ihren Koffer, legte den Umschlag und das Zigarrenkistchen obenauf. Sie band die weiße Schürze ab, zog das schwarze Kleid aus, nahm das Häubchen vom Kopf, faltete alles ordentlich zusammen und legte es auf das Bett. Sie schlüpfte in ihr eigenes Kleid, setzte den Strohhut auf, machte den Koffer

zu, nahm ihn in die Hand und legte sich ihren Mantel über den Arm. Sie warf keinen Blick zurück und machte kaum ein Geräusch auf der Treppe. Die Haustür klickte leise hinter ihr ins Schloß. Keine Stellung mehr. Hinausgeworfen. Die Kleine ist schwer lungenkrank. Du hast unser Vertrauen grob mißbraucht.

Anna beschleunigte ihre Schritte. Der Franz würde helfen.

Der Posten vor der Kaserne, in der Franz stationiert war, lächelte sie freundlich an. „Warten Sie, ich schicke sofort jemanden, der Ihren Bräutigam holt."

Bald darauf kam er. Er war heute nicht so schneidig und elegant, er trug eine Arbeitsuniform aus grobem Tuch. „Was willst du hier, Anna?" fragte er.

Anna sah ihm an, daß er eher erstaunt als erfreut war. Die Zuversicht, die ihr geholfen hatte, den weiten Weg zu gehen, ohne zu husten, den Koffer zu tragen und die Angst zu vergessen, schwand. Sie rang nach Atem und sagte mühsam: „Sie hat mich entlassen, Franz."

Bestürzt sah er sie an. „Warum, um Gottes willen?"

„Weil ich schwindsüchtig bin, Franz, und weil ich es ihr nicht gesagt habe."

„Ihr nicht – und mir auch nicht“, sagte Franz langsam. „Da kann man nichts machen. Am besten ist es, du fährst heim und schaust, daß du gesund wirst. Dann wirst du schon wieder eine Stellung finden.“ Er spähte in den Kasernenhof, als ob ihn jemand riefe, aber es rief ihn niemand. „Du, Anna, ich muß gehen, der Feldwebel macht mir sonst Ärger. Ich wünsch’ dir viel Glück.“ Dann schloß sich das Tor hinter ihm. Er schaute sich nicht um.

Anna stand da, mit Koffer und Mantel, den Strohhut auf dem Kopf, und sah ihm nach.

Sie war niemandes Reichtum und Gut, sie war niemandes Fleisch und Blut. Niemand schloß sein Leben in ihres ein.

Sie war nicht Ännchen von Tharau.

Sie war Anna.

Wildgänse rauschen durch die Nacht

(1917)

Sie hocken zu dritt in dem schlammigen Unterstand. Georg, Werner und der kleine Erich. Sie sind sechs gewesen, aber einer liegt irgendwo, draußen, dort, wo ihn ein Schrapnell erwischt hat. Einer ist auf eine Mine getreten: kein Leichnam beweist, daß er je gelebt hat. Der dritte hat es gut. Er hat eine Gewehrkugel abbekommen, eine glatte, saubere Gewehrkugel.

Sie haben einfach ein Loch in die Grabenwand gehackt und ihn dort hineingesetzt, gerade und ordentlich. Sogar das nasse Haar haben sie ihm aus der Stirn gestrichen. Seine Braut, wenn sie ihn jetzt sehen könnte, sie würde ihn in bester Erinnerung behalten.

Sie können nicht schlafen. Nicht, weil der Tote ein paar Meter von ihnen entfernt in seiner Nische liegt. Er hat sie als Lebender nicht gestört, er stört sie auch nicht als Toter.

Aber es ist kalt, und von den Wänden des Unterstands rinnt das Wasser; ihre Kleider sind feucht, und sie frieren. Sie können nicht schlafen, also reden sie.

„Meine Mutter hat mir ein Buch geschickt", sagt der kleine Erich.

„Ein Buch?" Werners Stimme klingt ungläubig. „Ein Buch? Was steht drin? Wie eine Frau aussieht? Wie man sich fühlt, wenn man gebadet hat? Wie ein Böfflamott schmeckt?"

„Ein Buch ist etwas sehr Nützliches", sagt Georg versonnen. „Wenn man Tabak hat, kann man sich mit einer einzigen Seite ein paar Zigaretten drehn. Wie dick ist das Buch?"

„Ihr seid Idioten", sagt der kleine Erich leise. „Es ist ein Buch über den Krieg."

Draußen schweigt der Krieg. Ab und zu durchdröhnt eine ferne Detonation die Nacht, aber sonst ist es ruhig.

„Es ist ein Buch über den Krieg", wiederholt der kleine Erich.

Niemand sagt etwas darauf, also fährt er fort: „Es handelt von Freundschaft im Krieg. Ein Gedicht ist auch drin. Ich hab' es auswendig gelernt. Soll ich es euch vorsagen?" Georg und Werner antworten immer noch nicht, also fängt er einfach an:

„Wildgänse rauschen durch die Nacht,
mit schrillem Schrei nach Norden –
Unstäte Fahrt! Habt acht, habt acht!
Die Welt ist voller Morden."

Seine leise Stimme verschmilzt nicht wie ihre Unterhaltung vorhin mit dem Rinnen des Regens, mit dem Zerplatzen der Tropfen auf dem Dach des Unterstands und dem Knarren der Bäume.

Die Wörter klingen fremd, so, daß man gar nicht hinhören möchte, wie ein Herrenwitz, den jemand auf einer Teegesellschaft erzählt.

Nach der dritten Strophe sagt Erich: „Ich habe mir eine Melodie dazu ausgedacht." Mit seiner dünnen, ein bißchen brüchigen Stimme singt er die vierte Strophe:

„Wir sind wie ihr ein graues Heer,
und fahrn in Kaisers Namen
und fahrn wir ohne Wiederkehr,
rauscht uns im Herbst ein Amen!"

Die Fremdheit vertieft sich, die Wörter werden zu Empfindungen, und als Erich geendet hat, summt Werner die Melodie leise nach.

„Sei still!" fährt ihn Georg an, und als Erich frostig sagt: „Ich finde es schön!" ruft er noch einmal: „Sei still!"

Dumpf schallt eine Explosion herüber, vielleicht

ist ein Reh auf eine Mine getreten, Reh oder Mensch, keiner denkt weiter darüber nach.

„Er ist ein Lump, der das geschrieben hat", sagt Georg. Er sagt es ganz sachlich und ohne Wut. „Und schlimmer als die Narren, die uns erzählen, wie schön der Krieg ist und wie herrlich es ist, als Held sein Leben zu lassen. Er läßt dem Krieg seinen Schrecken, aber er wandelt den Schrecken in Poesie. Er weckt Sehnsucht nach dem Tod, auch bei dem, der kein Held sein will."

„Warum willst du mir die Freude nehmen, die mir das Gedicht macht?" fragt der kleine Erich.

„Er hat recht", sagt Werner. „Warum willst du ihm die Freude nehmen?"

„Der Krieg ist kein Ort für Gedichte." Georg spuckt geräuschvoll aus. „Der Krieg ist ein Ort für zerrissene Leiber, für geplatzte Trommelfelle, für Läuse und Dreck, ein Ort für verschimmeltes Brot und vollgeschissene Hosen. Im Krieg gibt es keine Sehnsucht nach dem Tod, nur nach dem Überleben. ‚Wenn du krepierst, dann nehm' ich deine Jacke, denn sie ist wärmer als meine.' Das ist die ganze Poesie des Kriegs."

Zwei Tage später wird Georg von einer Granate getroffen.

Seine Braut, wenn sie ihn jetzt sehen könnte, sie würde ihn nicht wiedererkennen.

Werner und Erich schaufeln ein Loch in die Grabenwand, so tief, daß auch am Tag kein Licht auf sein Gesicht fällt.

Niemand sagt ein Gedicht auf, niemand singt ein Lied.

Der kleine Erich hat zerrissene Stiefel. Er nimmt sich die des Toten. Sie passen wie angegossen.

Das ist die Poesie des Kriegs.

Ich bin von Kopf bis Fuß auf Liebe eingestellt

(1930)

Das gemeinsame Sonntagsessen hatte mit der üblichen Predigt seines Vaters geendet. Bernd kannte sie auswendig. Sie begann mit den Worten Ordnung, Pünktlichkeit, Gehorsam und Fleiß und hörte auf mit den Worten Fleiß, Gehorsam, Pünktlichkeit und Ordnung. Der Raum dazwischen war ausgefüllt mit Ermahnungen, nur ja nicht zuviel Zeit mit seinen Kameraden von der Deutschen Freischar zu vertrödeln und in der Gegend herumzuwandern.

Vertrödeln! Herumwandern! Was wußte sein Vater von den Idealen, die sie hatten! Vom Streben nach einer neuen Gesellschaft, in der die besten Männer Führer sein sollten; einer Gesellschaft, in der Gefolgschaft und Treue, Ritterlichkeit und Mut wieder etwas galten, in der die Kraft der Jugend die verkalkten Alten hinwegfegte.

Was wußte sein Vater, der Direktor eines Gymnasiums war und seine Zeit damit verbrachte, Schüler zu schikanieren und Lehrer zu ducken, von der gewaltigen Schönheit der Natur! Was wußte er von der Erhabenheit eines Sonnenaufgangs und vom Stolz, den man nach einem Marsch von vierzig Kilometern empfand! Von der Freude, einem wirklichen, echten Führer zu folgen! Sein Vater, der nichts so liebte wie seinen Wein und seine Zigarren und der nichts so fürchtete wie den Schulinspektor. Sein Vater, der bei jeder Gelegenheit, wenn er glaubte, niemand sähe es, das Dienstmädchen in die Hinterbacken kniff.

Nein, die Predigten seines Vaters beeindruckten Bernd nicht sonderlich.

Vor zwei Jahren war er in die Deutsche Freischar[1)] eingetreten. Da gab es Jungen, die dachten wie er und die bis zum letzten füreinander einstanden, da gab es Mädchen, die gute Kameradinnen waren und, wenn es ans Marschieren ging, hinter den Jungen nicht zurückblieben.

Bei seinem Stamm verbrachte Bernd jede freie Minute, dort war sein Zuhause. Und in den Ferien, da ging's auf Wanderfahrt durch die deutschen Gaue, mochte sein Vater das auch noch so überflüssig finden.

Auch heute, an diesem wunderbaren Maisonn-

3 0021-10

tag, machte sich Bernd nach dem Essen voller Vorfreude auf den Weg zu Ernst Hirche, dem Führer seines Stamms, der ein eigenes großes Zimmer hatte und bei dem sie ihre freien Nachmittage verbrachten.

Auf den Straßen war allerhand los. Züge von Gewerkschaften, die mit großen Transparenten gegen die neuesten Sparbeschlüsse des Reichskanzlers demonstrierten. Trupps von SA-Männern, die ihren Scharführern hinterhermarschierten, kerzengerade und ohne rechts und links zu schauen.

Bettler kauerten neben ihren umgedrehten Hüten am Boden und sahen den Vorübereilenden demütig in die Gesichter oder schliefen, wenn sie die Hoffnung auf eine milde Gabe schon aufgegeben hatten.

Ein paar zerlumpte Kinder balgten sich um ein paar Pfennige, die ihnen irgend jemand zugeworfen hatte; eines von ihnen lief einem Spaziergänger hinterher, riß ihm die brennende Zigarette aus der Hand, brachte sich mit ein paar schnellen Sprüngen in Sicherheit und rauchte dann in langen Zügen, ohne sich um das Gezeter des Beraubten zu kümmern.

Am Goetheplatz standen sich ein Haufen Hitlerjungen und eine Rotte Junger Pioniere[2)] gegenüber; die Spannung war fast greifbar, gleich würden sie aufeinander losschlagen, die Spaziergänger machten einen Bogen um sie.

Bernd schnitt eine verächtliche Grimasse. Gesindel, Lumpenpack! Abschaum waren sie alle, ob Nazi oder Bolschewik[3]. Mein Gott, was war aus Deutschland geworden! Hunger, Arbeitslosigkeit, auf den Straßen prügelnder Pöbel – das war die Situation, in die die Republik das deutsche Volk gebracht hatte. Unfähige Politiker, engstirnige und genußsüchtige Spießbürger, haltlose und demoralisierte Massen – das war die Elite, die Deutschland regierte!

Das muß wieder anders werden, dachte Bernd, es muß wieder Männer geben, die Vorbilder sind – Männer wie Ernst Hirche und, so hoffte er, wie ihn selbst.

Mit energischen Schritten bog er in die Blücherstraße ein – und blieb empört stehen. Das durfte doch nicht wahr sein, das war skandalös!

Da hing ein großes Plakat, das für einen Film werben sollte, „Der blaue Engel" hieß er. Ein Frauenzimmer war darauf abgebildet, das auf einem Stuhl saß, nein, hockte, und zwar in einer so entwürdigenden Haltung, daß Bernd rot wurde beim Hinsehen. Die Person trug einen Zylinder und eine Art Wams aus glitzerndem Stoff, das Schultern und Arme völlig frei ließ und sich so über dem Busen spannte, daß ...

Bernd schüttelte entrüstet den Kopf. Wirklich unglaublich war das!

Er ließ seinen Blick tiefer wandern.

Die Frau saß weit zurückgelehnt und hatte die Beine angehoben, so daß das kurze Röckchen weit hinaufgeglitten war und ihre Schenkel sichtbar wurden. Schenkel, die nur von hauchdünnen, durchsichtigen Strümpfen bedeckt, ja, unterhalb des Strumpfhalters völlig nackt waren!

Verworfen wie die ganze Person war auch ihr Gesicht, geschminkt, mit Augen, die einen herausfordernd und schamlos anglühten.

Eine ganze Weile noch blieb Bernd sinnend vor dem Plakat stehen und dachte mit Sorge an die Zukunft eines Volkes, das sich an solchen Ferkeleien erfreute, bis ihn ein älterer Herr mit Überzieher und Hut ansprach: „Na, junger Mann, die gefällt Ihnen wohl, die fesche Lola, was? Schaun Sie sich den Film ruhig an, es lohnt sich!"

Da schritt Bernd weiter, ohne den verdorbenen Spießer auch nur eines Blickes zu würdigen. Als er zum Haus seines Kameraden Hirche kam, waren alle schon versammelt und mitten im Pläneschmieden für die nächste Wanderfahrt. Bernd grüßte mit einem kräftigen „Heil euch!" und ließ sich nieder. Ja, das waren Kameraden, die dieselbe Sprache sprachen wie er, Menschen, die gleich ihm höchste Anforderungen an sich stellten, Deutschlands adlige Jugend.

Bernd musterte sie, während er ihnen seine Vorschläge machte: den kräftigen Rudolf, der die Klampfe beherrschte wie kein anderer, Erich und Walter, die mutigen und ausdauernden Zwillinge, Will, den Offizierssohn, der die Schar unfehlbar über die unwegsamsten Pfade zum Ziel brachte; Else und Veronika – Bernd ließ seinen Blick länger auf ihnen ruhen, in Gedanken verglich er sie mit der verworfenen jungen Frau auf dem Plakat. Mein Gott, die Unterschiede konnten nicht größer sein! Da gab es keine Schminke, keine lüsternen Gesten, keine schamlos gereckten Schenkel, nur Sauberkeit und Reinheit, Zuverlässigkeit und Kameradschaft. Ja, mit solchen Mädchen konnte man auf einer sonndurchglühten Wiese liegen, ganz ohne störende Hüllen der Natur hingegeben, ohne eine verdorbene Regung, ohne einen unsittlichen Gedanken.

Und dann war da noch Ernst, der unbestrittene Führer der kleinen Schar, der einzige, den Bernd über sich anerkannte und den er bewunderte. Hochgewachsen, blond, von ruhigem, fast ernstem Wesen, wirkte er immer überlegen und zeigte niemals eine Schwäche.

Eben beendete er mit einer kleinen Handbewegung das Gespräch, das von Bernds Vorschlägen nochmals angeregt worden war, und sagte:

„Wir werden also in den Odenwald fahren.“

Niemand erwiderte etwas darauf, jeder hatte seine Meinung gesagt, Ernst hatte entschieden, und damit gut. „Auf Wanderfahrt in den Odenwald“, fuhr Ernst fort, und seine Augen glänzten, „das heißt, auf den Spuren der Ritter wandeln, das heißt im Rauschen der Bäume die alten Kampfeslieder hören und auf Felsen rasten, die steinerne Zeugen ritterlichen Heldentums waren. Dort lebten die, die uns bis heute Vorbild sind an Tapferkeit des Herzens, Reinheit der Seele und Adel des Charakters.“

Dann stimmte Rudolf die Gitarre, sie sangen ihre liebsten Lieder und fühlten sich zu großen Taten bereit.

Später, auf dem Nachhauseweg, kam Bernd wieder an dem widerwärtigen Plakat vorbei. Noch einmal blieb er längere Zeit davor stehen und ärgerte sich über die sittenlose Zurschaustellung niedrigster Begierden, über die Nacktheit der Schenkel, über den prallen Busen, der vom dünnen Stoff kaum verhüllt wurde, über den glühenden, lüsternen Blick.

Oh, es tat wohl, sich von denen zu unterscheiden, die sich für so etwas begeisterten!

Am Sonntag darauf, Ernst Hirche hatte das Treffen für diesmal abgesagt, ging Bernd ins Lichtspieltheater. Das hatte er schon lang einmal wieder vorgehabt.

Nun ja, „Der blaue Engel“, das war natürlich nicht der Film, den er sich ausgesucht hätte, aber es gab nur den, und er war doch neugierig, wie weit der Regisseur die Schamlosigkeit trieb und was es für Leute waren, die sich ein solches Machwerk anschauten.

Der Vorführsaal war sehr voll, und Bernd konnte nur wenige Eindrücke gewinnen, bevor die Verdunkelung einsetzte. Aber er fand seine Ahnung bestätigt. Selbstgerechte, kleinbürgerliche Spießer, oft gar mit ihren Frauen, verlotterte Bohemiens[4)] und haltlose junge Leute bildeten das Publikum.

Während er noch grübelte, warum so minderwertige Unterhaltung eine solche Menge von Menschen anziehen konnte, begann der Film. Er übertraf Bernds schlimmste Erwartungen. Die Handlung bestand darin, daß ein Gymnasialprofessor elner Tänzerin so sehr verfiel, daß er seine bürgerliche Existenz um ihretwillen zerstörte. Anfangs amüsierte sich Bernd sogar ein wenig, denn der gute Professor glich in manchem seinem Vater, aber dann überwog doch die Abscheu vor dem, was er da ansehen mußte. Alkohol, Tabak und Lüsternheit, das war alles, was in diesem Film die Menschen zu beseelen schien!

Bernd rutschte unruhig auf seinem Sessel hin und her, als sie zum ersten Mal auftrat, die fesche Lola, mit Zigarette in ellenlanger Spitze, Champagnerglas in der Hand, den Zylinder schräg auf den Locken, mit Brüsten, die sich unter dem Glitzerstoff spannten, mit bloßen Armen und Schultern und einem Streifen nackten Fleisches über den Strumpfbändern.

Sie sang mit rauchiger Stimme ein Lied, die fesche Lola, das genauso lasterhaft und verdorben war wie ihre ganze Erscheinung:

„Ich bin von Kopf bis Fuß
auf Liebe eingestellt,
denn das ist meine Welt
und sonst gar nichts.

Das ist, was soll ich machen,
meine Natur;
ich kann halt lieben nur
und sonst gar nichts.

Männer umschwirrn mich
wie Motten das Licht,
und wenn sie verbrennen,
ja, dafür kann ich nicht!“

Umschwirrt sie nur und laßt euch verbrennen, dachte Bernd verächtlich und rieb seine Hände, die in der Hitze des Saals feucht geworden waren,

am Hosenbein trocken, es geschieht euch ganz recht! Ihn konnte so eine nicht einfangen, mit nackter Haut und wirren Locken und glühendem Blick, ihn nicht! Bernd war so damit beschäftigt die fesche Lola anzustarren und sich über ihre Lasterhaftigkeit zu ärgern, daß ihm die Zeit wie im Flug verging; auf einmal erschien das Wort „Ende" auf der letzten Einstellung, und das Licht ging an.

Bernd erhob sich, warf zufällig einen Blick nach hinten – und fuhr zusammen, duckte sich unwillkürlich und ließ sich zurück auf seinen Platz fallen.

„Du auch?" flüsterte er voller Enttäuschung, „du auch?" Vorsichtig erhob er sich wieder und starrte seinem Freund Ernst Hirche nach, der, hochgewachsen und blond, die meisten anderen Zuschauer überragend, gerade den Saal verließ.

Ernst Hirche in einem solchen Film! Ernst Hirche ging in ein Lichtspieltheater, um eine sittenlose Tänzerin zu bestaunen, sich an Armen, Beinen und Busen eines verdorbenen Geschöpfs zu erfreuen! Bernd war erschüttert.

Ich will dir die Blamage ersparen, hier von mir angetroffen zu werden, dachte er, aber verlange nicht, daß ich in Zukunft noch Hochachtung vor dir habe!

Er trat aus dem Theater ins Freie, atmete tief

durch und machte sich auf den Heimweg. Unterwegs pfiff er, ohne daß es ihm recht bewußt wurde, eine kleine Melodie:

„Ich bin von Kopf bis Fuß
auf Liebe eingestellt ...“

Ich wollt', ich wär' ein Huhn!

(1936)

Kaum war Irma im Lager angekommen, da wäre sie am liebsten schon wieder umgekehrt. Ein paar niedrige Baracken auf einem Stückchen Wiese, ein Jägerzaun drumrum, an einem Mast die unvermeidliche Fahne – das war's.

Die liebliche Rhön, in der das Ganze lag, bot auch keinen Anlaß zur Ermutigung. Kahle Hügel, ab und zu ein einsamer Baum, weit entfernt ein paar verstreute Häuser um ein winziges Kirchlein, und alles getaucht in das Grau eines verunglückten Apriltages.

Da stand sie nun mit ihrem alten Köfferchen, im Sonntagskostüm und ihren besten Schuhen. Sie fror, denn in Würzburg, wo sie herkam, war es wunderbar warm gewesen, und kein Mensch hatte daran gedacht, sich einen Mantel anzuziehen.

„Erst, wenn du in der Fremde bist, weißt du, wie schön die Heimat ist“, seufzte sie.

Das hatte ihr ihr Patenonkel ins Poesiealbum geschrieben, und er hatte ja so recht!

Aber jetzt war es zu spät – und ändern hätte sie ohnehin nichts können, denn Abiturientinnen, die studieren wollten, waren dienstpflichtig, ob es ihnen paßte oder nicht.

Während Irma noch über ihr Los nachgrübelte und sich fragte, was wohl ein Mädchen bewegen könnte, freiwillig hierherzugehen, hörte sie plötzlich eine unfreundliche Stimme: „Willst du nicht hereinkommen?“

An der Tür der ersten Baracke stand eine junge Frau, nicht viel älter als sie und ziemlich kräftig gebaut. Der lange braune Rock spannte sich über den Hüften, die weiße Bluse saß wie angegossen, und das breite Gesicht wirkte noch breiter, weil die Haare straff zurückgekämmt waren.

„Ich bin Hildegard, die Gehilfin der Lagerführerin. Los jetzt, sie erwartet dich schon.“

Woanders hätte man erst mal „Guten Tag“ gesagt, dachte Irma, nahm den Koffer auf und folgte der „Gehilfin der Lagerführerin“ mit ziemlich beklommenen Gefühlen.

Hildegard öffnete eine Tür, befahl barsch: „Warte hier einen Moment“ und fügte dann etwas freundlicher hinzu, weil sie wohl fühlte, daß der

Empfang für die Neue nicht gerade herzlich gewesen war: „Die Lagerführerin kommt gleich. Sie wird dich begrüßen und dir die Einzelheiten des Lagerlebens erläutern."

Bloß um etwas zu sagen und vielleicht eine Bewegung, ein Lächeln in dem breitflächigen Gesicht zu entdecken, erwiderte Irma: „Ja, es wird alles bestimmt sehr ungewohnt für mich sein."

„Wirst dich schon gewöhnen", lautete die gebrummte Antwort, und dann war Irma allein. Na, der Anflug von Liebenswürdigkeit war kurz gewesen!

Sie sah sich um. Ziemlich kahl war der Raum. Ein Aktenschrank, ein rundes Tischchen mit zwei Hockern, ein großer Schreibtisch mit einer Vase, in der traurig ein paar verwelkte Stiefmütterchen mehr hingen als standen – das war alles. Bis auf den Wandschmuck natürlich. An der einen Wand prangte ein dreiarmiger Kerzenleuchter, daneben eine wahrhaft prächtige Schnitzerei: ein hölzerner Teller, auf dem zwei stilisierte Ähren ein Hakenkreuz umfingen wie Omas Hände den Kanarienvogel. Irma hatte selten etwas so eindeutig Selbstgemachtes gesehen.

An der Wand hinter dem Schreibtisch hing der Führer. Irma mußte grinsen. Ihr alter Lateinlehrer hatte das immer gesagt und auf das Bild im Klassenzimmer gedeutet: „Dort hängt der Führer –

euch zur Mahnung!“ Und niemand hatte so recht gewußt, wie er das gemeint hatte.

Noch ein zweites Bild war da, mit einem Mann drauf, den sie noch nie gesehen hatte. Er hatte eine Knubbelnase und lächelte ziemlich albern. Er trug irgend so ein Zwischending zwischen Soldatenmütze und Jägerhut. Wer das wohl war? Sicherlich war er schrecklich bedeutend, sonst dürfte er hier ja nicht hängen.

Sehnsüchtig dachte Irma an ihr gemütliches Zimmer daheim, als hinter ihr die Tür knarrte. Sie fuhr herum, und da stand sie, die Lagerführerin! Trotz ihrer trüben Stimmung hätte Irma beinahe gekichert.

In ihrem Köfferchen nämlich, sorgfältig in Zeitungspapier eingewickelt, damit er nicht zerbrach, hatte sie ihren Glücksbringer mitgebracht: eine Schallplatte.

Ein Lied war darauf, ein Schlager, der einen so fröhlich trösten konnte, wenn man traurig, wenn etwas schiefgelaufen war oder wenn man so viel zu tun hatte, daß man nicht mehr wußte, wo anfangen.

Vor den Abiturprüfungen hatte ihre Mutter die Platte mitgebracht: „Damit du alles, was jetzt kommt, ein bißchen leichter nimmst“, hatte sie gesagt. Seitdem hatte Irma das Lied immer wieder gehört, wenn es ihr schlecht ging:

„Ich wollt', ich wär' ein Huhn,
ich hätt' nicht viel zu tun,
ich legte vormittags ein Ei
und nachmittags wär' ich frei!"

Und die, die da vor ihr stand, die Lagerführerin, die hatte sich diesen Traum erfüllt, die war wirklich und wahrhaftig ein Huhn geworden, jedenfalls sah sie haargenau so aus. Sie hatte einen kleinen Kopf, den sie ständig hin und her drehte, wie jemand, dem sein Kragen zu eng war. Ihre Nase war kurz, spitz und gebogen und beherrschte, obwohl sie ziemlich klein war, das Gesicht so vollständig, daß man die schmalen Lippen darunter fast gar nicht wahrnahm.

Das alles, der wackelnde Hals, der kleine Kopf, die Schnabelnase und auch die unruhigen Äuglein, die ständig in ihren Höhlen rollten, war schon genug. Aber daß sie ihr dünnes blondes Haar auch noch straff nach hinten gekämmt und dann zu einem Knötchen geschlungen hatte, das wie ein kleiner Kamm auf ihrem Haupt thronte, das war einfach zuviel!

„Na, du scheinst dich ja bereits bestens eingelebt zu haben im Lager, Arbeitsmaid Irma! Ich bin die Lagerführerin."

Herrjeh, die Stimme! Irma hatte es gewußt! Sie war ein bißchen schrill und piepsig und kippte öfter, und wenn man nicht genau auf das hörte, was sie sagte, dann klang es wie ein hohes, gackerndes „buckbuckbuckbuck-boahg-boahg-boahg-boahg-buckbuckbuckbuck!"

Tatsächlich, für einen köstlichen Moment war Irmas Heimweh verschwunden, und sie stellte sich vor, wie die Lagerführerin, mit den Armen schlagend, als ob sie Flügel wären, sich niederhockte, den Rock schürzte und ein Ei legte. „Buckbuckbuckbuck-boahg-boahg-boahg-buckbuckbuckbuck!"

Leider ging der Moment schnell vorbei, und das Gegacker des Huhns verwandelte sich wieder in die mißgelaunte Stimme der Lagerführerin. „Wenn du dann deine Freude etwas bezähmen könntest ..."

Irma riß sich zusammen. „Natürlich, Fräulein ..."

„Hier gibt es kein Fräulein. Einfach Lagerführerin."

O weh, eine Zweihundertprozentige! Ganz und gar vom Geist des Nationalsozialismus erfüllt. Ein gefülltes Huhn sozusagen ... Irma mußte schon wieder kichern.

„Arbeitsmaid, ich glaube, du hast noch nicht ganz die richtigen Vorstellungen von deinem Dienst hier."

Die Lagerführerin flatterte zu ihrem Schreibtisch – nein, nein, Irma, jetzt ist Schluß mit den

4 0021-10

Assoziationen! – und setzte sich.

Irma mußte stehen.

„Dieser Dienst, der für dich, die du studieren willst, Pflichtdienst ist, soll dich erziehen nach den Gesetzen der Treue, des Gehorsams und der Kameradschaft. Zur Treue gegenüber der Idee, zum Gehorsam gegenüber dem Führer und seinen Beauftragten, zu denen auch ich zähle, und zur Kameradschaft innerhalb der Gefolgschaft. Arbeitsdienst ist Mütterdienst, sagt unser Reichsarbeitsführer, und damit ist dieser Dienst das Wertvollste, was ein deutsches Mädchen seinem Volke geben kann. Pünktlichkeit, Ordnung, Sauberkeit, tadellose Führung, Pflichterfüllung und Hingabe an dein Volk und die Arbeit, die du ihm leistest, das ist es, was hier von dir erwartet wird. Und bedenke, Irma ...“, die gackernde Stimme bekam einen leicht giftigen Unterton, „wenn dein Verhalten nicht dem entspricht, was man von einer Volksgenossin erwarten kann, die ihrem Vaterlande einst in leitender Stellung dienen will ...“, nachdrücklich klopfte sie mit einem Federhalter auf die Schreibtischplatte, „so wird es diese Zukunft für dich nicht geben. Hier hat noch jede ihren Hochmut verloren! Aufgeblasen und eitel sind viele gekommen, demütig sind sie geworden und schließlich stolz auf das, was sie mit ihren Kameradinnen für die Volksgemeinschaft geleistet haben. Hier wirst du dich bewähren müssen. Hier gilt die Abiturientin nichts und die künftige Studentin noch weniger. Hier zählt nur die Arbeitsmaid!"

Irma versuchte, möglichst ausdruckslos zu schauen. Nach Lachen war ihr nicht mehr zumute; genauer gesagt, sie kochte vor unterdrückter Wut. Deutlicher hätte sie es ihr ja wohl nicht sagen können: wenn du nicht parierst, dann sind deine Wunschträume vom Studieren beendet! Und wer über deine Zukunft entscheidet, bin allein ich, die Lagerführerin!

„Um halb drei kommen deine Kameradinnen von der Arbeit", fuhr die Lagerführerin fort, „sie werden dich mit dem Dienstplan vertraut machen. Meine Gehilfin wird dir dein Bett anweisen, dich mit Bettwäsche und anderen Notwendigkeiten ausstatten. Morgen um sieben beginnt deine Arbeit für einige Zeit hier im Haus. Dann wirst du der Bäuerin im Öchsner-Hof zur Hand gehen." Die Lagerführerin sah auf.

Mehr denn je, fand Irma, glich sie einem Huhn, aber einem, vor dem jeder Raubvogel in panischer Angst die Flucht ergriffen hätte.

„Ich erwarte von dir", gackerte es vom Schreibtisch herüber, „daß du in kurzer Zeit Vorbild wirst für die anderen. In sechs Wochen, wenn *er* kommt", die Lagerführerin sah mit sichtlicher

Rührung zu dem Bild, das neben dem des Führers hing, und ihre Stimme klang auf einmal fast zärtlich, „wenn *er* unser Lager inspiziert, dann wirst du *ihm* zeigen dürfen, daß du eine echte deutsche Arbeitsmaid bist, eine echte Trägerin des Glaubens an dein Volk."

Irma atmete tief durch. Die war ja wirklich noch schlimmer als die Untergauführerin, die damals in die Schule gekommen war, um für den BDM[5)] zu werben! Sie entschied, daß es am besten wäre, auf die ganze gewaltige Ansprache überhaupt nichts zu erwidern. Nur eine Frage konnte sie sich nicht verkneifen. „Ach, bitte, wer ist denn eigentlich *er*?" Die bewegte Mimik des Hühnerkopfes gefror zu Eis.

„Wer *er* ist?" Wenn es überhaupt möglich war, mit dem Ausdruck der Verachtung zu gackern, dann schaffte es jetzt die Lagerführerin. „Das solltest du nicht mehr vergessen, Arbeitsmaid Irma. Das ist Reichsarbeitsführer Konstantin Hierl."

O weh, jetzt hatte Irma es sich völlig verscherzt mit der Lagerführerin, sie wußte es genau. Das war der Hahn, von dem das Huhn träumte; er war genauso unerreichbar wie für die magerste Suppenhenne der Wetterhahn auf der Kirchturmspitze, aber die Unerreichbarkeit steigerte noch seinen Wert, und es war schon eine Todsünde, ihn nicht zu kennen.

„Geh jetzt“, sagte die Lagerführerin, „zwei Türen weiter erwartet dich meine Gehilfin. Denk an meine Worte, und noch einmal: Willkommen im Lager!“ Willkommen im Lager! Das hatte so herzlich geklungen, wie der Teufel am Hölleneingang die armen Seelen empfangen mochte. Kommt nur herein, meine Lieben, hier werdet ihr es gut haben!

Ziemlich niedergedrückt nahm Irma ihr Köfferchen auf und ging zur Tür. Als sie noch einmal zurückschaute, blickte die Lagerführerin mit äußerster Konzentration auf die Schreibtischplatte.

Gleich wird sie einen Wurm aufpicken, dachte sie, aber es amüsierte sie gar nicht mehr. Sie ließ sich von der Gehilfin die Bettwäsche aushändigen, zwei blaue Arbeitskleider (Zuchthausklamotten, fand sie), die Arbeitsdiensttracht aus braunem Wollgewebe (kratzt entsetzlich, befürchtete sie), Schuhe wie für einen Streckenwärter bei der Reichsbahn und dicke Strümpfe. Zuletzt bekam sie noch ein rundes Ding, eine Art Blechbrosche mit einer Anstecknadel, auf der die zwei Ähren mit dem Hakenkreuz zu sehen waren. Na, das putzt ungemein, dachte Irma. Dann fragte sie hoffnungsvoll, während sie in der einen Hand den Koffer trug und mit der anderen den Berg Klamotten gegen die Brust drückte: „Habt ihr hier ein

Grammophon oder vielleicht ein Klavier?“

„Ein Grammophon? Ein Klavier? Vielleicht auch noch einen Ballsaal und ein Dutzend Zimmerkellner! Ein paar von den Mädchen haben Gitarren, eine Mundharmonika ist, glaube ich, auch dabei; im Gemeinschaftsraum steht ein Volksempfänger. Eins sage ich dir aber gleich: Negermusik gibt's bei uns nicht.“

Nee, wahrscheinlich dafür „Wildgänse rauschen durch die Nacht“ und „Die blauen Dragoner, sie reiten“, dachte Irma. Ist ja auch viel schöner! Ergeben folgte sie der Gehilfin ins Freie und dann in eine andere Baracke, in der sich die Schlafsäle befanden.

In einem davon bekam sie ihr Bett und ihren Schrank. „So, ich laß' dich jetzt allein, damit du auspacken kannst.“ Die Gehilfin dämpfte ihre Stimme ein wenig, und ein Hauch von Mitgefühl zeigte sich in dem breiten Gesicht. „Sei vorsichtig!“ warnte sie. „Die Lagerführerin kann die Pflichtdienstlerinnen nicht leiden. Sie sagt, in Mädchen, die studieren wollen, steckt meistens der Wurm drin.“ Die Miene verschloß sich wieder. „Also richte dich danach!“

Einen Augenblick später war Irma allein. Sie seufzte abgrundtief. Schlimmer hätte es wirklich nicht kommen können. Nun konnte sie nicht einmal ihren Glücksbringer abspielen ... Leise summte sie vor sich hin: „Ich wollt', ich wär' ein Huhn ..." Obwohl sie nicht genau wußte, ob man sich das überhaupt noch wünschen sollte – bei einer solchen Artgenossin.

Der Schlafsaal sah noch schlimmer aus, als sie ihn sich vorgestellt hatte. Sechzehn eiserne Bettgestelle in Reih und Glied, dazwischen weißlakkierte Nachttische mit Vorhängen, an zwei Wänden sechzehn hölzerne Spinde. Ein paar Stühle noch, das war alles. Sie schauderte. Hier sollte sie ein halbes Jahr wohnen? Hier gab es kein Eckchen, in dem man ein paar Minuten allein sein konnte – höchstens das Klo. Hier war sie immer mit fünfzehn anderen zusammen – um so verlassener würde sie sich fühlen. Irma öffnete ihren Koffer und begann, die Sachen darin in den Spind zu ordnen; die Platte nahm sie gar nicht erst heraus. Als sie schon fast fertig war, hörte sie draußen lautes Lärmen.

Die Tür ging auf, und eine Schar schmutziger und verschwitzter Gestalten kam ins Zimmer. Samt und sonders trugen sie dieselben blauen Kleider und roten Kopftücher und hatten die alberne Brosche am Halsausschnitt angesteckt.

Irma hatte das Gefühl, sie sähen alle gleich aus, bis sich allmählich aus den Uniformen die Gesichter heraushoben.

Die meisten begrüßten sie einigermaßen

freundlich, einige taten so, als ob sie gar nicht vorhanden wäre, und eine setzte sich neben Irma aufs Bett.

„Ich bin Britta, die Kameradschaftsälteste", stellte sie sich vor. „Warst du schon beim Huhn?"

„Ja", nickte Irma. „Heißt sie so?"

„Sie kann doch gar nicht anders heißen", meinte Britta. „Du wirst einiges wissen wollen. Ich erkläre dir alles."

So wurde Irma Arbeitsmaid.

Die Schulzeit erschien ihr wie ein lieblicher Traum vom Glück gegen das Leben im Lager. Alles war hier geregelt, vereinheitlicht, kontrolliert und bestimmt. Die Kleidung, das Essen, das Reden, das Singen, die Arbeit, die Freizeit, der Schlaf.

Morgens, noch vor halb sechs, rannte die Lagerführerin durch die Schlafräume und gakkerte: „Morgen, aufstehen!" Als ob das nicht schon gereicht hätte, um Tote aufzuwecken, schlug sie auch auf einem Gong herum, so daß Irma jeden Morgen vor Schreck fast einen Herzanfall bekam.

Hinterher mußten alle eine Viertelstunde lang wie die Narren über den Hang hinter dem Lager rennen – zur körperlichen Durchbildung und Befreiung von Seele und Geist, wie die Lagerführerin immer wieder erklärte.

Nach dem Waschen und Anziehen kam etwas ungeheuer Wichtiges: das Aufziehen der Fahne (mit Hakenkreuz und Ähren, natürlich!). Alle stellten sich im Kreis um den Mast, reckten die Arme zum Hitlergruß und machten recht feierliche Gesichter dabei. Dann, endlich, wenn im Magen schon der Hungerschmerz tobte, gab's Frühstück. Von sieben bis halb drei wurde gearbeitet, anschließend durfte man sich waschen, und danach mußte man schlafen – ob man konnte oder nicht, Befehl war Befehl. Also schlief man. Nach einer Stunde ertönten wieder Gackern und Gong, und jetzt, jetzt kam die schönste Zeit des Tages: jetzt durfte man ein Stündchen lang machen, was man wollte.

Kaum hatte es begonnen, war es auch schon vorbei, und Sport war wieder angesagt.

Irma hätte geschworen, von einem Mäuerchen hüpfen und dabei mit den Armen wedeln wäre die Lieblingssportart der Lagerführerin, aber seltsamerweise bevorzugte sie Froschhüpfen und Medizinballwerfen, also hüpften und warfen die Arbeitsmaiden, bis ihnen die Gelenke knackten.

Wenn kein Sport gemacht wurde – zweimal in der Woche –, gab es staatspolitischen Unterricht. Das wäre etwas zum Schlafen gewesen, aber leider waren ja alle nach der Mittagsruhe munter, also blieb nichts weiter übrig, als zuzuhören.

Das Huhn stand dann im Gemeinschaftsraum und gackerte so Dinge wie: „Wir dienen nicht, weil wir müssen, sondern weil wir dürfen." (Du vielleicht, dachte Irma jedesmal, ich nicht!)

Sie faselte von der Ehrenpflicht des deutschen Mädchens, der deutschen Mutter die Hand zu reichen und ihr durch die Tat zur Seite zu stehen, von der Notwendigkeit der Arbeit für die Volksgemeinschaft. Vom Führer mit seinen großen und erhabenen Zielen war oft die Rede, aber weit öfter noch von dem Mann, dessen Bild im Zimmer der Lagerführerin neben dem Hitlers hing: vom Reichsarbeitsführer Hierl, der Irma allmählich vorkam wie eine Mischung aus Goethe, Siegfried, Willy Fritsch und einer deutschen Eiche.

Naja, auch der staatspolitische Unterricht ging irgendwann vorüber, und nach dem Essen wurde eine Stunde lang Gemütlichkeit befohlen: Volkslied, Volkstanz, Volksmärchen und andere völkische Dinge wurden da gepflegt.

Zum Schluß kam noch einmal die Fahne an die Reihe, sie wurde nämlich eingeholt, und dann durfte, nein, mußte man schlafen gehen.

Aber selbst im Traum ließ der Reichsarbeitsdienst Irma oft nicht in Ruhe – da kam ein riesiges Huhn auf sie zugerannt, eines mit wild schlagenden Flügeln und drohend vorgerecktem Schnabel. Und hinter ihm stand grinsend der Reichsarbeitsführer und sah zu, wie es nach der armen Irma hackte.

Sie hatte es nämlich wirklich schwer. Die meisten anderen Mädchen waren freiwillig im Lager und schienen den ganzen Betrieb nicht weiter schlimm zu finden. Sie brummten zwar manchmal über dies und das, meckerten über das Essen und spotteten heimlich über die Lagerführerin, aber keine lehnte das Lagerleben so völlig ab wie Irma, keine fragte sich, wo man bei dem ganzen verplanten Tageslauf mal seinen Kopf gebrauchen konnte. Keine fand es demütigend, wenn sie beim Appell Haltung annehmen mußte und die Lagerführerin kontrollierte, ob alle Knöpfe fest angenäht, die Zahnputzgläser poliert und die Unterhosen vorschriftsmäßig zusammengelegt waren.

Nur Irma fand es grauenhaft und brauchte ihren ganzen Humor, um es zu ertragen. Sie fühlte sich ziemlich allein, denn die anderen verstanden sie nicht.

Einmal war wieder für den Abend ein Appell angesagt. Irma hatte – das passierte oft – einen Extra-Küchendienst aufgebrummt bekommen und wurde so spät damit fertig, daß sie erst ein paar Minuten vor dem Appell in den Schlafraum kam.

Da standen sie schon alle, in den häßlichen

erdfarbenen Uniformen, mit gewienerten Schuhen und gebügelten Blusen, die Gesinnungsbroschen blank poliert, in Reih und Glied, die Hände an der Rocknaht – wie Zinnsoldaten. Zinnsoldaten mit Zöpfen und Busen.

Als Irma im Zimmer war, kam Bewegung in die Mädchen.

„Schnell!" zischte Britta. „Schlüpf in die Tracht! Sie ist ausgebürstet und gebügelt!"

„Ich muß erst noch Nachttisch und Schrank aufräumen", entgegnete Irma, aber Britta hielt sie am Arm fest.

„Bleib hier und tu, was ich dir sage! Alles schon gemacht!"

Verwirrt gehorchte Irma, ließ sich von den anderen in die Kleider helfen und stand fix und fertig da, als wenig später das Huhn zur Kontrolle kam.

„Warum habt ihr das gemacht?" fragte sie später die anderen.

„Na, du bist doch unsere Kameradin", erwiderte Britta verständnislos. „Wir müssen doch füreinander einstehn!"

„Aber sie konnte doch gar nicht damit rechnen, daß ich fertig bin. Das wäre doch überhaupt nicht möglich gewesen, nach dem Küchendienst. Wenn es aber nicht möglich gewesen wäre, hätte sie mich auch nicht bestrafen können, jedenfalls nicht, wenn es gerecht zuginge. Denn ich konnte doch nichts dafür!“

„Ja, aber ...“, begann Britta, doch Irma ließ sie nicht zu Wort kommen.

„Die Lagerführerin wußte genau, daß ich unmöglich schon fertig sein konnte. Aber habt ihr sie eine Miene verziehen sehen? Sie hat damit gerechnet, daß ihr alles für mich erledigen würdet.“

„Ja, und?“ Britta begriff nichts.

„Sie weiß, daß auch dann alles funktioniert, wenn sie ungerecht ist oder Unmöglichkeiten verlangt. Eure ‚Kameradschaft‘ hilft ihr, uns alle noch stärker unter Druck zu setzen.“

„Ja, sollen wir denn unkameradschaftlich sein?“

Irma rang die Hände. „Nein, natürlich nicht! Ihr sollt nicht alles hinnehmen, so als ob es völlig in Ordnung wäre!“

Britta verstand sie nicht, und die anderen verstanden sie auch nicht; seit diesem Appell hatte sie noch mehr das Gefühl, eine Einzelgängerin zu sein. Das und die ständigen Schikanen der Lagerführerin, die aus ihrer Abneigung gegen sie kein Hehl machte, führte dazu, daß sie nach ein paar Wochen bereits den gesamten Arbeitsdienst und dazu sämtliche Maiden und Führerinnen des deutschen Reichs von ganzem Herzen zum Teufel wünschte.

Was ihr half durchzuhalten, das waren die Stunden, die sie beim Öchsner-Bauern und seiner Familie verbrachte. Die Arbeit machte ihr Spaß, und sie kam mit allen gut aus, mit den beiden Kindern, mit der Bäuerin, und vor allem mit Hans, dem Bauern, der sie bald in sein Herz geschlossen hatte.

Daß sie jemand mochte und zuhörte, wenn sie sich mal ausheulen mußte, das erleichterte sie sehr.

Als sich eines Tages herausstellte, daß Hans ein altes Grammophon besaß, da konnte sie sogar ihren Trostschlager wieder hören. Gleich morgens, bevor die Arbeit begann, oder in der Brotzeitpause, dudelte es dann fröhlich durchs Haus:

„Ich wollt', ich wär' ein Huhn ..."

„Daß du dir wünschst, ein Huhn zu sein, Irma", hatte Hans gegrinst, als sie den Schlager zum ersten Mal gemeinsam gehört hatten, „so wie deine Lagerführerin aussieht!"

„Wünsch' ich mir ja gar nicht mehr", hatte Irma erklärt, „jetzt hör' ich's mir nur an und freue mich, daß ich nicht mit so einem Gesicht herumlaufen muß. Es gibt keinen besseren Trost, wenn sie mal wieder besonders ekelhaft war."

Eines Abends aber, während des staatspolitischen Unterrichts, wurde die Lagerführerin so ekelhaft, da bot auch das Hühnerlied keinen Trost mehr.

Es war knapp zwei Wochen bevor der sagenhafte Reichsarbeitsführer kommen sollte, um das Lager mit seinem Besuch zu adeln. Das Huhn wurde täglich nervöser. Immer häufiger wurde der Sport durch zusätzlichen politischen Unterricht ersetzt, und den Mädchen wurden die Vokabeln der nationalsozialistischen Bewegung eingetrichtert, daß ihnen schier der Appetit verging. An dem besagten Abend bekamen sie ein Gedicht zu hören, das nannte sich „Feierlied der Arbeit“ und war wirklich unerträglich schlecht, fand Irma. Und ausgerechnet sie sollte das Machwerk auswendig vortragen, wenn der Reichsarbeitsführer dem Lager seine Anwesenheit schenkte.

Sie mußte es sich auf der Stelle einprägen und nach der Stunde aufsagen. Und dabei passierte es: Irma überwand brav ihre Abneigung gegen die miserablen Verse, was blieb ihr auch anderes übrig, und deklamierte:

„Gott segne die Arbeit und unser Beginnen,
Gott segne den Führer und diese Zeit,
steh uns zur Seite, Land zu gewinnen,
Deutschland zu dienen mit all unsren Sinnen,
mach uns zu jeder Stunde bereit!“

Nur, daß sie statt „Stunde" „Schande" sagte, geschah wirklich und wahrhaftig nicht absichtlich. Leider, sie konnte nämlich schon immer gut Gedichte aufsagen, tat sie es auch noch mit lauter, klarer und für jeden vernehmbarer Stimme.

Da lief das Hühnergesicht erst rot an, und dann prasselte eine Flut von Vorwürfen, Drohungen und Beschimpfungen auf die arme Irma nieder. „Du bist ein Geschwür im Mark des Volkskörpers, du bist eine Defätistin, dir ist nichts heilig, nicht einmal die heiligsten Werte deines Volkes, aber ich werde dir das Handwerk schon legen, ich schreibe dir ein Zeugnis, daß du Zeit deines Lebens nicht studieren wirst, dir werde ich deine bolschewistische[3)] Gesinnung schon austreiben, du wirst schon noch lernen ... buckbuckbuckbuck, buckbuckbuckbuck – boahg-boaaahg-boaaahg-boaaaahg! – Eine Henne, die in höchster Gefahr und einem Herzschlag nahe, aufgeregt ihre Eier verteidigt. Eine Henne, die nicht bloß komisch war, sondern ausgesprochen gefährlich wirkte.

Irma jedenfalls stand wie erstarrt, und die Blicke, die mitleidig, vor allem aber vorwurfsvoll auf sie gerichtet waren, trugen dazu bei, daß sie sich so elend und allein fühlte wie nie zuvor.

Am nächsten Tag, auf dem Öchsner-Hof, war sie so mit Heulen beschäftigt, daß nicht einmal der Kaffee und das frische Brot mit Butter sie ablenken konnten.

Hans regte sich furchtbar auf, als er die Geschichte hörte, denn er konnte die Braunen ohnehin nicht verputzen. „Sie wollen keine Menschen, sie wollen bloß dressierte Affen“, schimpfte er. „Und diese fanatische Krampfhenne ist die Schlimmste von allen, die ich kenne. Aber ...“, plötzlich grinste er vergnügt, „wir werden es ihr schon heimzahlen, paß nur auf. Ich weiß auch schon wie.“

So sehr alle auch in ihn drangen, er war nicht bereit, auch nur ein Sterbenswörtchen von seinem Plan zu verraten.

Und dann kam der große Tag. Der arme Juni hatte seine sämtlichen Blüten hergeben müssen, um das Lager zu schmücken und den Baracken ihre Armseligkeit zu nehmen. Der Jägerzaun war frisch gestrichen, der Rasen kurz geschnitten wie der Schnurrbart des Führers, die Fenster waren geputzt, die Gardinen gewaschen, die Dielen geschrubbt; die umgegrabenen Beete wurden regelmäßig mit Wasser besprengt, damit sie ordentlich schwarz aussahen, und Irma hatte den Verdacht, daß sogar die Regenwürmer sich nicht krümmten, sondern kerzengerade und regungslos der Ankunft des hohen Gastes harrten. Überall steckten Fähnchen mit Ähren und Hakenkreuz,

5 0021-10

damit der Reichsarbeitsführer sich nicht auf der einzigen Straße, die zu den einzigen Häusern im Umkreis von einem halben Kilometer führte, womöglich verfuhr.

Die Lagerführerin glich mehr denn je einem Huhn, das im Mist pickte und scharrte, wenn sie überall kontrollierte, schnüffelte, nachbohrte und gackernd tadelte. Aber endlich war auch sie zufrieden.

Nun konnte er kommen!

Und er kam. Die Arbeitsmaiden standen in Reih und Glied, Röcke und Blusen so steif wie Bretter gebügelt. Die Broschen blitzten so blankpoliert in der Morgensonne, daß man das Hakenkreuz darauf gar nicht mehr erkennen konnte. Dann fuhr er an der Spitze eines Konvois den Berg herauf und hielt genau vor den Mädchen. Er stieg aus seinem Mercedes und musterte wohlgefällig all die Pracht.

Die Lagerführerin knallte die Hacken zusammen und riß den Arm so zackig zum Hitlergruß hoch, daß sie fast das Gleichgewicht verloren hätte.

Der Reichsarbeitsführer Konstantin Hierl rieb sich seine Knubbelnase, rückte seine Kopfbedeckung, die ein Zwischending war zwischen Soldatenmütze und Jägerhut, zurecht, lächelte ziemlich albern, ging ein paar Schritte auf die

Lagerführerin zu und blieb dann erwartungsvoll vor ihr stehen.

Sie war fast außer sich. Da war er nun, der Herrlichste von allen!

Nervös schwang sie die Arme auf und ab und ruckte heftig mit dem Kopf, so daß das Knötchen darauf bebte. Endlich aber faßte sie sich ein Herz

und begann mit vor Aufregung zitternder Gackerstimme: „Reichsarbeitsführer!“ Danach machte sie eine bedeutungsvolle Pause, denn nun, nun wollte sie den Satz sagen, an dem sie solange gefeilt hatte, in den sie die ganze Liebe legen wollte, die in ihrer armen verkümmerten Seele wohnte, die ganze Liebe, die sie empfand, zum Führer, zum Volk, zum Vaterland, zur Idee und auch zu dem Mann, vor dem sie nun zum ersten Mal in ihrem Leben stand, den Satz, der ihre ganze Hingabe offenbaren sollte. Aber sie konnte nicht einmal die erste Silbe sprechen, da krächzte, schepperte und rauschte es mit mißtönender Lautstärke und schallte weit über Reichsarbeitsführer, Lagerführerin und Arbeitsmaiden hinweg:

„Ich wollt', ich wär' ein Huhn!
Ich hätt' nicht viel zu tun,
ich legte vormittags ein Ei
und nachmittags wär' ich frei!

Mich lockte auf der Welt
kein Ruhm mehr und kein Geld
und fände ich das große Los,
dann fräße ich es bloß.

Ich müßte nie mehr ins Büro,
ich wär' zwar dämlich, aber froh.“

Wie die Salzsäulen standen alle da und starrten auf das Gesicht der Lagerführerin oder schauten zu Boden, als ob sie dort etwas suchten, etwas Weißes, Rundes.

Es kam nie heraus, wer die Schändlichkeit begangen hatte, denn die Verblüffung war so groß, daß der Täter unerkannt aus einem Fenster auf der anderen Seite entwischen konnte – sogar sein Grammophon nahm er mit.

Irma aber, die wohl Bescheid wußte, sah mit nicht ganz reinem Gewissen den Kummer im Gesicht der Lagerführerin und merkte, daß das Huhn zwar dämlich, aber überhaupt nicht froh war und wahrscheinlich auch nie werden würde.

Und so mischte sich in ihre Genugtuung ein kleines bißchen Mitleid.

Lili Marleen

(1943)

Karl ging das Lied gar nicht mehr aus dem Kopf. War ja auch ein verdammter Ohrwurm. Und die Wörter krochen einem den ganzen Tag im Gehirn rum.

„Vor der Kaserne, vor dem großen Tor,
stand eine Laterne, und steht sie noch davor."

Kein Landser, der nicht Heimatgefühle kriegte, wenn er es irgendwo hörte. Besonders bei er zweiten Strophe. Wenn die rauhe und brüchige Stimme der Sängerin ganz leise wurde, dann drang kein fernes Geschützfeuer, keine Explosion mehr in die Ohren. Dann blieb der Krieg vor der Tür, dann hörte man nur noch diese Stimme:

„Unser beider Schatten sahn wie einer aus,
daß wir lieb uns hatten, sah man gleich daraus."

Dann flennte sogar der fette Krause, der sonst Gift und Galle spuckte, wenn er über seine Alte redete. Er war das fieseste Schwein von einem Feldwebel, das man sich denken konnte. Aber wenn er die zweite Strophe von „Lili Marleen" hörte, dann quoll ihm das Wasser über die Tränensäcke und Speckbacken, dann teilte er seine Zigaretten aus und gab einem gewöhnlichen Gefreiten Feuer, als wäre er ein Oberst.

Mehr konnte man von einem Lied nicht verlangen.

Karl drehte sich vorsichtig auf die Seite, bloß mit dem Oberkörper.

Unser beider Schatten sahn wie einer aus.

Das konnte Karl sich gut vorstellen. Zwei Schatten, die einer wurden im Schein der Laterne. So konnte auch der Gefreite Karl Ruhland noch mal zu einem vollständigen Schatten kommen.

Von seinem eigenen fehlte nämlich ein Stück.

Das Stück vom rechten Knie abwärts.

Vorsichtig befühlte er den dicken Verband. Nur ein dumpfer, pochender Schmerz, sonst nichts.

Aber ihm wurde jedes Mal kalt vor Schreck, wenn seine Hand ins Leere tastete, dorthin, wo vor sieben Tagen noch ein Schienbein gewesen war, mit einem Fuß dran und fünf Zehen.

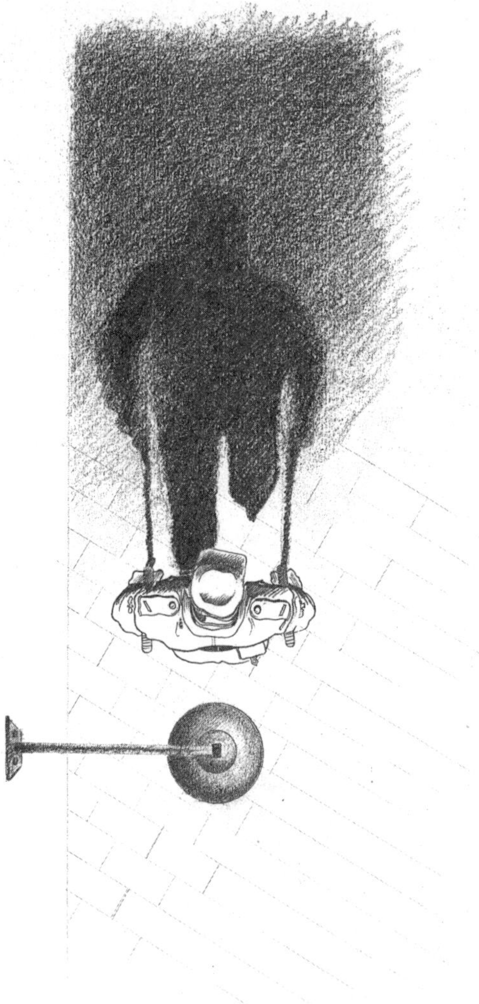

Vor der Laterne wolln wir stehn, Lili Marleen, auf zusammen drei Beinen und fünfzehn Zehn.

Karl biß die Zähne zusammen, denn er befürchtete, sein Lachen würde den anderen verraten, wie ihm zumute war.

„Morgen sieht alles schon ganz anders aus", pflegte der flotte Stabsarzt immer zu sagen, und die adrette Schwester, die er sich als Hilfe für den Tag und als Trost für die Nacht auserwählt hatte, nickte lächelnd dazu. „Morgen sieht alles schon ganz anders aus!"

Aber morgen war weit.

Der Kompaniechef saß im Unterstand und schrieb Briefe.

Vierhundert Meter hatten sie dem Feind in den letzten Tagen abgewonnen und dabei eine ganze Bunkerkette gestürmt.

Vierhundert Meter und mehr als ein Dutzend Bunker – der halbe Endsieg! Der Hauptmann grinste vor Befriedigung, wenn er daran dachte.

Vierhundert Meter und mehr als ein Dutzend Bunker! Was spielte es angesichts eines solchen Erfolges für eine Rolle, daß man als Kompaniechef ein paar von diesen lästigen Briefen schreiben mußte: „... habe ich die schmerzliche Pflicht, Ihnen mitzuteilen ..."

Herrgott, eine große Sache forderte große

Opfer, das mußten auch das verhärmteste Mütterlein und die einsamste Braut einsehen! Am besten, man dachte nicht lange nach, schrieb die Briefe – und erledigt!

Der Hauptmann haßte Sentimentalitäten.

Er konnte auch dieses verdammte Lied, diese widerwärtige Schnulze nicht leiden, die in jedem Quartier aus den Volksempfängern krächzte und die beinahe jeder Landser auswendig kannte. Wie hieß das doch?

„Und sollte mir ein Leids geschehn,
wer wird bei der Laterne stehn,
mit dir, Lili Marleen?"

Penetrante Gefühlsduselei! Untergrub womöglich sogar Disziplin und Kampfmoral der Leute. Dem fetten Krause liefen die Tränen über die Hamsterbacken, jedesmal, wenn er die Schnulze hörte.

Der Hauptmann schnitt eine Grimasse.

Wer siegen wollte, konnte sich solche Regungen nicht leisten. Ein Held würde der Krause nie werden. Zum Schleifen von Rekruten war er erstklassig, aber im Gefechtsdienst – eine Niete.

Der Kompaniechef tauchte den Federhalter in die Tinte und schrieb: „... ist es meine schmerzliche Pflicht, Sie davon in Kenntnis zu setzen ..."

Der Gefreite Ruhland, der war nicht so ein sentimentaler Sack. Der war aus anderem Holz geschnitzt. Donnerwetter, der hatte Mumm in den Knochen! Wie der eiskalt die zischenden Granaten aufgesammelt und in die feindliche Stellung zurückgeschleudert hatte ... Ein Jammer, daß ihm, kurz bevor sie das Rattennest ausgeräuchert hatten, eine MG-Salve das Bein zerschmettert hatte.

Er hatte jedenfalls dafür gesorgt, daß der Junge das EK zwo[6)] kriegte. So viel Mut und Einsatz, das sollte auch entsprechend belohnt werden.

Jetzt mußten erst mal diese Briefe geschrieben werden, bis die Einsätze der vergangenen Tage verlustmäßig aufgearbeitet waren. Aber morgen würde er mit dem stellvertretenden Bataillonskommandeur ins Lazarett fahren und dem Jungen das EK anheften. Wie von selbst glitt die Rechte des Hauptmanns zur linken Brust, wo sein eigenes Kreuz hing, schwarzsilbern, mit der Kaiserkrone und der Jahreszahl 1914; fast zärtlich strichen die Finger über die silberne Spange mit der Zahl 1939, die über dem Kreuz glänzte. Das war der schönste Lohn für seinen Einsatz für Kaiser, Volk und Führer.

Schade, für den Gefreiten Ruhland würde die erste Auszeichnung auch die letzte sein. Schade um so einen Kerl.

Aber morgen sollte er noch mal einen großen Tag haben!

Zwei Monate später wurde Karl Ruhland aus dem Lazarett entlassen. Zwar nicht mehr ganz komplett, aber ansonsten völlig geheilt, wie ihm der Stabsarzt grinsend versichert hatte.

Auf seine nagelneuen Krücken gestützt stand er da und wartete auf den Kübel, der ihn zur nächsten Bahnstation bringen sollte. Von seiner linken Brust baumelte das schwarzsilberne Kreuz. Karl kapierte bis heute nicht, warum sie es ihm gegeben hatten. Wenn einem eine scharfe Granate vor die Füße flog, dann wartete man doch nicht, bis sie explodierte und einen in Fetzen riß!

Karl schaute nach unten, wo rechts das hochgenähte Hosenbein baumelte. Hatte er es dafür gekriegt? Ein Stück Blech für ein Bein – das war dann weniger als Scheiße für Gold.

Ratternd und stotternd hoppelte der Kübel auf ihn zu.

„Ick fah da selba, Junge, det laß ick ma nich nehm“, rief der fette Krause und grinste sein feistes Lächeln. Er half ihm so fürsorglich auf den Sitz, als wäre er die Mätresse des Generalfeldmarschalls und nicht bloß ein einbeiniger Gefreiter. „Mensch, mit det Kreuz“, sagte Krause, „da biste wat bei die Weiber!“

„Klar“, sagte Karl. „’n Held mit einem Bein, der umfällt, wenn man ihm ’n Stups gibt.“

„Quatsch nich!“ sagte Krause. Ganz kurz war die

Stimme die vom Schleifer in der Ausbildungskompanie, bevor sie wieder herzlich und jovial wurde. „Det Wichtigste is, det zwischen die Beene allet in Ordnung is, wa?"

Karl schwieg. Wenigstens einen Vorteil hatte es, wenn man ein schwerbeschädigter Kriegsheld zweiter Klasse war, man mußte nicht jedem Arschloch antworten.

Sie fuhren schweigend über die holpernde Schotterstraße.

Nach einiger Zeit fing Krause zu pfeifen an. Sein Lieblingslied. Lili Marleen.

Karl musterte ihn verstohlen. Rosig und friedlich sah er aus, wenn er pfiff, fast sympathisch. Eher wie ein wirkliches Schwein, nicht wie ein menschliches.

Karl summte mit.

„So wolln wir uns da wiedersehn,
bei der Laterne wolln wir stehn ..."

Er hatte nicht mal eine zum Wiedersehn. Das heißt, eine wäre schon da gewesen, aber bevor er mit ihr darüber reden konnte, war ihm der Krieg dazwischengekommen.

Als sie die Bahnstation erreicht hatten, half ihm der Feldwebel aus dem Kübel, schnallte ihm den Tornister auf den Rücken und schob ihm die Krücken in die Arme. „Wirst ma fehln, Junge", sagte er. „Allet Beste. Und nach'm Endsieg heb'n wa een zusamm'. Kann ja nich mehr lang dauern."

Karl wandte ihm und dem Kübelwagen und dem Krieg mühsam den Rücken und sah die Gleise entlang, bis sie sich in Ferne und Dunst auflösten.

Morgen war er zu Hause. Vielleicht ging es seiner Mutter gut. Vielleicht hatten sie seinen Vater noch nicht eingezogen. Vielleicht war sein Bruder noch nicht gefallen. Vielleicht würde er zu Hause mit einem Bein ganz gut auskommen. Vielleicht konnte er das Mädchen immer noch fragen, ob es sich mit ihm bei der Laterne treffen wollte.

Morgen würde er es wissen.

Morgen war weit.

Sugar Baby

(1959)

Wenn Gitte nicht ihre Ohren überall gehabt hätte, hätten sie nie rausbekommen, was mit Mutter eigentlich los war.

Dann wäre Mutter weiter mit roten Augen durch die Gegend gelaufen und mit Händen, die pausenlos die Schürze glattstrichen, obwohl die wie immer so steif gebügelt und gestärkt war, daß sie überhaupt keine Falten werfen konnte.

Aber Gitte hatte eben ihre Ohren überall.

Als sie am Montag wegen heftiger Magenschmerzen und einer Mathearbeit zu Hause geblieben war, hatte sie durch die dünne Wand alles mitangehört, was Mutter und ihre beste Freundin besprochen hatten. Alles. Und jetzt wußte sie Bescheid.

Mittags, während Mutter und Jochen aßen, blieb sie im Bett; schließlich war sie krank. Dann rief sie mit kläglicher Stimme: „Jochen, kannst du mal kommen?“ Gleich darauf schlurfte er herein. „Was is?“

„Kann ich mal dein Kofferradio leihen?“

Jochens Miene wurde abweisend. „Nee, leider. Geht nicht. Brauch' ich heut nachmittag selber.“

Aber Gitte gab nicht auf. Laut sagte sie: „Och, bitte!“ Und leise fügte sie unmißverständlich hinzu: „Halt die Klappe und tu, was ich dir sage! Es gibt was zu bereden! Hol das Ding schon!“ Widerwillig gehorchte Jochen, und bloß, weil er neugierig war, was sie ihm so Wichtiges zu sagen hatte.

Ding! Sein Radio war ihm heilig, das gab er nicht aus der Hand. Ein Konfirmationsgeschenk von einer großzügigen Tante und absolut einmalig, auf dem neuesten Stand der Technik. Keiner aus seiner Klasse hatte eins, das da auch nur annähernd rankam. Keine Minute würde er Gitte mit dem „Ding“ allein lassen. Man wußte ja, wie Mädchen mit komplizierten technischen Geräten umgingen.

Jochen betrat die winzige Kammer, in der er hauste, hob das Radio vom Schreibtisch und trug es, vorsichtig, als ob er ein neugeborenes Baby im Arm hätte, in Gittes Zimmer.

„Gib her, das Ding!“ befahl Gitte, aber Jochen wehrte ab. „Kommt überhaupt nicht in Frage! Du

Liebe Leserin, lieber Leser dieses SchneiderBuchs,

Du hast Glück, daß in diesem Buch eine Karte ist, denn sie wurden nur in wenige Bücher eingelegt. Um auch in Zukunft immer die richtigen Bücher herauszubringen, machen wir diese Umfrage. Für uns ist es ganz wichtig, daß wir möglichst alle Karten ausgefüllt zurückbekommen. Und damit wir Dich auch später mal nach Deiner Meinung fragen können, würden wir uns freuen, wenn Du uns Deine Telefonnummer angibst. Damit sich das Mitmachen auch für Dich lohnt, verlosen wir unter allen Einsendern, die bis 30.6.95 ihre ausgefüllte Karte an uns schicken, 33 SchneiderBuch-Pakete im Wert von je DM 50,–. Der Rechtsweg ist ausgeschlossen.

Vielen Dank für Deine Mithilfe
Dein
FRANZ SCHNEIDER VERLAG

Das Buch heißt:

____

____

und hat die Artikel-Nr.
(ISBN – steht auf der Rückseite des Buches)
3 - 505 - _ _ _ _ _ - _

Wie hat Dir das Buch gefallen?

☐ ganz toll ☐ gut ☐ mittelmäßig
☐ nicht besonders ☐ doof

Diese Karte kannst Du aus dem Buch heraustrennen, ohne daß das Buch beschädigt wird.

Absender:

Vorname/Name

Straße

PLZ/Ort

Tel.-Nr. (mit Vorwahl)

Geburtsdatum ______________ / Alter ____________

☐ Junge ☐ Mädchen

Ich habe das Buch

☐ selbst gekauft
- ○ in der Buchhandlung
- ○ im Kaufhaus
- ○ im Supermarkt
- ○ im Spielwarengeschäft
- ○ im Schreibwarengeschäft

☐ mir gewünscht und geschenkt bekommen

☐ einfach so bekommen

☐ Ja, Ihr könnt mich wieder mal was fragen.

☐ Nein, meine Adresse soll nicht aufgehoben werden

SCHNEIDER BUCH

Bitte ausreichend frankieren!

FRANZ SCHNEIDER VERLAG
Stichwort »Meine Meinung Herbst '94«
Frankfurter Ring 150

80807 München

machst höchstens was kaputt!"

„Kaputt!" sagte Gitte verächtlich. „Was kann man schon kaputtmachen, wenn man ein paar Knöpfe drückt."

„Davon verstehst du nichts", gab Jochen zurück, „also, was is los?"

„Stell irgendwas an, nicht so laut, daß Mutter hier womöglich reinplatzt, aber laut genug, daß sie nicht hören kann, was wir quatschen."

Jochen drückte die Einschalttaste. „Jetzt spann mich nicht länger ..." Da tönte es fröhlich aus dem Radio:

„... Denn das eine ist mir klar,
ich käm' dauernd in Gefahr,
wenn ich dich nicht hätt', Sugar Baby
Sugar Sugar Baby,
oh, oh, Sugar Sugar Baby,
mmmmmh,
sei doch lieb zu mir ..."

„Na, wenn das nicht paßt", meinte Gitte und rutschte mit dem Hinterteil im Takt auf der Matratze hin und her, „wenn das nicht paßt! Die Sache ist die." Sie machte eine bedeutungsvolle Pause. „Vater hat eine Geliebte."

„Du spinnst!"

„Wenn ich's sage!"

„Du spinnst!"

6 0021-10

Gitte fing an, sich aufzuregen. „Hör doch erst mal zu!“

Munter sang Peter Kraus dazwischen:

„Sugar Sugar Baby
oh, oh, Sugar Sugar Baby ...“

Gitte grinste ein bißchen gequält. „Unser Alter war auch in Gefahr. Aber sein ‚Sugar Baby‘ ist ihm anscheinend nicht mehr gut genug. Jedenfalls ist er auf eine andere reingefallen.“

Und während Peter Kraus weiter von seinem *Sugar Baby* schwärmte, erzählte Gitte, was sie wußte. Höchste Zeit, daß man dahinterkam, was eigentlich los war.

Daß Mutter irgendwas mit sich rumschleppte, das hatte nicht mal Jochen übersehen, obwohl er sich nicht durch besonderes Feingefühl auszeichnete.

Sie sprach nur das Nötigste, starrte oft vor sich hin, fing manchmal fast ohne Grund an zu heulen, war ständig nervös, und vor allem: in letzter Zeit hatte sie gleich ein paarmal das Essen anbrennen lassen. Das war so ungeheuerlich, daß ihr so was passierte, ausgerechnet ihr, daß sich Gitte und Jochen wirklich Sorgen machten.

Aber alle vorsichtigen Andeutungen und Fragen waren ergebnislos gewesen; es war nichts aus ihr rauszukriegen.

Bis heute. Wie jeden Montag war Frau Lohmeier gekommen, Mutters Busenfreundin. Normalerweise tranken die beiden nur eine Tasse Neskaffee und gingen dann zusammen in den Konsum. Aber heute ...

„Kaum, daß die Lohmeier da war", begann Gitte ihren Bericht, „fing Mutter wieder an zu heulen. Die Lohmeier fragte und bohrte natürlich, du kennst sie ja. Nach und nach erfuhr sie alles, und ich lag da und rührte mich nicht und hatte das Ohr an der Wand."

„Jetzt mach's nicht so spannend", drängte Jochen, „laß raus, was du gehört hast."

„Also, der Alte hat ihr das Haushaltsgeld um zehn Prozent gekürzt. Man muß mehr zurücklegen für schlechte Zeiten, hat er gesagt ..."

„Was soll das schon beweisen?" unterbrach Jochen.

„Laß mich ausreden", fauchte Gitte. „Sonst hat er am Ersten immer drei Nelken mitgebracht. Seit ein paar Monaten schon nicht mehr."

„Ist mir gar nicht aufgefallen", brummte Jochen.

„Hätte mich auch gewundert. Kannst du dich noch an das Getue wegen der Gehaltserhöhung erinnern?"

„Klar. Aus der dann nichts wurde."

„Denkste. Dachten wir alle. Aber Mutter hat beim Bäcker die Frau vom Abteilungsleiter getroffen, und die hat gleich gefragt: ‚Ist Ihr Mann mit der neuen Position in der Firma zufrieden?' Stell dir vor, unser Alter kriegt nicht bloß mehr Geld, sondern er ist sogar eins aufgerückt. Sachbearbeiter ist er jetzt. 'n glatter Hunderter mehr im Monat, und uns erzählt er, alles is nix geworden, und wir müssen sparen."

Jochen pfiff durch die Zähne. „Mann, der hat's ja faustdick hinter den Ohren!"

„Ja, aber das ist noch nicht alles", fuhr Gitte fort. „Beim Stammtisch ist er in den letzten Wochen auch nicht gewesen. Obwohl er jedesmal hier pünktlich losgegangen ist. Der alte Müller hat sich nämlich bei Mutter erkundigt, ob er krank ist oder bloß beleidigt, weil er gar nicht mehr kommt."

Jochen schüttelte bloß den Kopf.

„Und jetzt kommt die dickste Granate."

Gitte dämpfte ihre Stimme noch ein wenig; längst war Peter Kraus durch Gus Backus und Gus Backus durch Connie Francis abgelöst worden.

„Der letzte Beweis: Gestern abend hat Mutter ihn in der Drogerie Sommer gesehen. Mit 'ner Blondine, gut aussehend, mit 'ner dicken Perlenkette um den Hals."

Jochen schüttelte immer noch fassungslos den Kopf.

„Der alte Lüstling!" murmelte er. „Die hat er ihr

bestimmt von der Gehaltserhöhung gekauft. Mit uns streitet er um fünfzig Pfennig Taschengelderhöhung. Und letzte Woche hat er mir noch erklärt, ich soll bloß nicht mit irgendwelchen Mädchen rumschmusen, da kann man sich in null Komma nix 'nen Tripper einfangen. So 'n Heuchler!"

„Er ist nicht bloß 'n Heuchler", sagte Gitte empört, „er ist ja so entsetzlich gemein! Kürzt ihr das Haushaltsgeld, wo sie sowieso schon sparen muß. Und das schmeißt er dann so einer hinterher, so einer ...!"

„Wer sie wohl ist?" fragte Jochen.

„Wer, das ist doch schnurz und piepe. Jedenfalls, wenn sie sich mit einem verheirateten Mann einläßt, dann taugt sie nichts. Noch dazu mit unserem Vater! Nein, die muß ein ganz mieses Stück sein!"

„Eins ist mir allerdings ein Rätsel." Jochen kratzte sich am Kopf. „Was findet sie bloß an ihm? Ich meine, schau ihn doch an, und auch wenn er seine ganze Pinkepinke zusammenkratzt, für so 'ne Frau ist das doch nix ..."

„Du hast Sorgen!" Gitte schwang die Beine aus dem Bett und setzte sich energisch aufrecht. „Überleg lieber, was wir machen können!"

„Hm." Jochen dachte mit sichtlicher Anstrengung nach. „Vater muß überallhin verfolgt werden und unter Beobachtung stehen, damit wir immer wissen, was er tut. Da gibt es nur eins: die Clique informieren ..."

„Mensch, du hast wohl nicht alle Tassen im Schrank!" Gitte tippte sich an die Stirn. „Damit übermorgen die Spatzen von den Dächern pfeifen, daß unser Alter fremdgeht? Mann, ist dir klar, wann Mutter am lautesten geheult hat? Als sie die Frau vom Abteilungsleiter erwähnt hat."

„Hä? Versteh' ich nicht."

„Na, ist doch klar! Die könnte vielleicht gemerkt haben, daß was nicht stimmt. Weil Mutter von der Gehaltserhöhung nichts gewußt hat. Du kennst sie doch! Immer muß alles tipptopp in Ordnung sein. Die Wohnung, die Wäsche, der Schrebergarten. Das Schlimmste für sie ist, wenn die Leute sagen, daß sie nicht mal ihre Ehe in Ordnung halten kann. Und da willst du Idiot die ganze Clique einweihen! Die Lohmeiersche mußte einen heiligen Eid schwören, daß sie keinen Pieps von sich gibt! Nee, die Sache müssen wir schon selbst in die Hand nehmen."

„Aber wie? Sollen wir den Alten überwachen? Und was tun wir, wenn wir ihn erwischen?"

Gitte hob ratlos die Schultern. „Das weiß ich auch nicht."

„Wenn das keine Ungerechtigkeit ist", brummte Jochen verbittert. „Wenn du dir einen Macker anlachst, steckt er dich ins Erziehungsheim.

Wenn er mich erwischt, daß ich mit 'ner Mieze rummache, schlägt er mir den Buckel grün und blau. Aber der Alte kann sich alles erlauben. Der Alte verdient die Kohle, der Alte ist der Chef, der Alte macht, was er will, er lacht sich sogar 'ne Biene an, auf Kosten der ganzen Familie."

Sie beratschlagten noch eine ganze Weile, was zu tun wäre. Jochen schlug vor, in der Wohnung erotische Stimmung zu machen, so mit roten Glühbirnen und Parfüm verspritzen und so; er wollte sich nach einem flotten Burschen für Mutter umschauen, der ihr schöne Augen machen sollte, bis Vater vor Eifersucht platzte. Doch das einzige, das Gitte zu seinen Plänen sagte, war: „Den Quatsch meinst du doch nicht ernst, oder?" Schließlich gaben sie es auf.

„Wir können nichts weiter tun, als scharf aufpassen", schloß Jochen. „Vielleicht ergibt sich 'ne Gelegenheit zum Eingreifen."

Aber es ergab sich gar nichts.

Die Wochen vergingen, Vater war so wenig zu Hause wie nie, und Mutter lief immer häufiger mit roten Augen herum und strich mit den Händen nicht vorhandene Falten aus ihrer Schürze.

Und dann kam der Muttertag.

Gitte und Jochen hatten den Frühstückstisch gedeckt, an Mutters Platz stand ein Strauß selbstgepflückter Schlüsselblumen, daneben ein Lippenstift, Marke Cutex, der glatte drei Mark gekostet hatte – zwei Sonntage Kinoverzicht, aber das war den beiden die Sache wert gewesen.

Gitte goß den Bohnenkaffee ein, während Jochen das Sieb über die Tassen hielt, und dann rief sie: „Frühstück ist fertig!"

Vater kam als erster. Er schien in allerbester Sonntagslaune zu sein und gar nicht zu bemerken, daß die beiden ihn enttäuscht anstarrten und dann einen raschen Blick wechselten.

Keine Nelken? Nicht mal heute? Mensch, schämte der sich gar nicht?

Nein, der schämte sich nicht. „Guten Morgen", rief er fröhlich, „habt ihr auch Eier gekocht?"

Gitte wies schweigend auf die Teller, auf denen, wohlbehütet von Tante Hildes handgestrickten Wärmern, die Eier in ihren Bechern standen.

„Ah, sehr gut." Vater rieb sich die Hände, setzte sich und schnitt sich eine dicke Scheibe Brot vom Laib.

In dem Moment kam Mutter herein. Sie sah den gedeckten Tisch, die Blumen und den Lippenstift.

„Wie lieb von euch, Kinder", sagte sie, und ihre Stimme zitterte ein bißchen.

„Probier ihn doch mal aus", bat Jochen. „Wir haben ihn selbst ausgesucht."

Mit einem vernichtenden Blick auf den Vater fügte er hinzu: „Also ich und Gitte, meine ich natürlich. Komm, probier ihn!“

Mutter sah erst wenig begeistert aus, aber schließlich gab sie nach, spitzte die Lippen und malte sie rot.

Darauf hatte Gitte gewartet. Sie sprang auf, ging zum Büffet, auf dem Radio und Plattenspieler standen, schaltete ein und wartete, bis gedämpftes Summen anzeigte, daß die Röhren warm waren. Dann fummelte sie am Tonarm. Es kratzte und knackte vernehmlich, weil sie nicht gleich die richtige Stelle fand, doch dann tönte es laut:

„Du hast Charme und du hast Chic,
und dein Lächeln und dein Blick
raubten schon am ersten Tag mir die Ruh!
Wenn ich dich bekommen kann,
schau' ich keine andere an,
denn so bist nur du, Sugar Baby!
Sugar Sugar Baby,
oh, oh, Sugar Sugar Baby ...“

„Was denn“, rief Vater, „soll ich mir dieses Amigeгröle jetzt auch schon beim Sonntagsfrühstück anhören?“

Aber seltsamerweise grinste er dabei; die Musik schien – im Gegensatz zu sonst – seine gute Laune überhaupt nicht zu stören.

Jochen nutzte die Stimmung und sagte schnell: „Das ist kein Ami, das ist 'n deutscher Sänger.

Und den Schlager da, den hätt er glatt für Mutter schreiben können. Ist dir eigentlich schon mal aufgefallen, wie gut sie aussieht?"

„Wieso?" fragte Vater verwundert und zögerte ein bißchen. „Naja ..."

Dieses „Naja" hatte zur Folge, daß Mutter ihren Stuhl zurückschob und aus dem Zimmer stürzte und Gitte und Jochen sich empört ansahen. War das denn die Möglichkeit?

Und dann frühstückte der Alte auch noch in aller Seelenruhe! Aß sein Ei, verdrückte zwei Brote mit Vierfruchtmarmelade und trank drei Tassen Bohnenkaffee!

Als er fertig war, stand er auf, ging zur Tür und rief, als ob nichts gewesen wäre: „Komm doch mal rein, Mutter!"

Nach einiger Zeit erschien sie, mit roter Nase und roten Augen und Lippen, an denen kein bißchen Rot mehr zu sehen war.

Vater wartete, bis sie sich gesetzt hatte, und erklärte dann feierlich: „Ich muß mit euch reden."

Gitte und Jochen erschraken. O Gott, nun war es soweit. Er wollte sie verlassen! Er wollte zu seiner Geliebten ziehen!

Der Vater fuhr fort: „Ihr kennt mich. Bei mir muß alles seine Ordnung haben. Keine Experimente, das ist meine Devise."

Keine Experimente ist gut, dachte Jochen.

„Einerseits heißt es bei mir“, erklärte der Vater, „Schulden machen gibt es nicht, andererseits, wenn ich mal einen Entschluß gefaßt habe, dann ruhe ich nicht, bis ich ihn in die Tat umgesetzt habe.“

Jetzt kommt's, dachte Gitte.

„Also hieß es eisern sparen, sparen und noch mal sparen“, fuhr der Vater fort, „das werdet ihr alle in den letzten Monaten gemerkt haben.“

Kann man wohl sagen, dachte Jochen.

„Ich habe Mutters Haushaltsgeld gekürzt, euer Taschengeld nicht erhöht, meine Gehaltsaufbesserung aufs Sparbuch gelegt, und abends bin ich oft noch ein bißchen arbeiten gegangen.“

Arbeiten nennt er das, dachte Gitte.

„Ich hab' ausgeholfen, wenn irgendwo was zu streichen oder zu renovieren war, und unserm Prokuristen habe ich die ganze Wohnung tapeziert, nachdem seine Frau mit mir die Tapeten ausgesucht hat.“

Ach nee, das war vielleicht der Zahn mit der Perlenkette, dachte Jochen.

„Aber jetzt hab' ich's geschafft!“ Vater ging zum Fenster. „Kommt mal her!“

Alle standen gehorsam auf und marschierten zum Fenster.

Vater schob die Tüllgardinen zur Seite. „Da unten steht er!“

Tatsächlich, zwischen einem alten, verbeulten DKW und einem schwarzen NSU-Motorrad stand er und glänzte in der Frühlingssonne, ein blaugraues Wunder auf vier Rädern, ein leibhaftiger, wirklicher, echter, chromblitzender Käfer!

„Na?“ fragte Vater voller Stolz, „was sagt ihr nun?“

Sie sagten gar nichts, sie strahlten bloß und wußten selbst nicht, ob mehr aus Freude über das neue Auto oder aus Erleichterung, daß Vater nun doch keine Freundin hatte.

„Machen wir gleich eine Probefahrt?“ fragte Jochen schließlich.

„Wie? Was? Ach so, eine Probefahrt, natürlich“, antwortete Vater zerstreut und beobachtete besorgt einen grauen Wolkenschleier, der den blauen Himmel zu überziehen begann. „Das Wetter wird schlechter“, stellte er fest. „Der Wagen hat wahrscheinlich noch keine ordentliche Konservierung. Ich muß ihn wachsen.“

Sekunden später fiel die Wohnungstür hinter ihm ins Schloß, und gleich darauf sah man ihn das Auto hingebungsvoll polieren.

„Vaters neue Liebe“, sagte Mutter. Aber sie lächelte dabei.

Mit siebzehn hat man noch Träume

(1965)

Die Stimme des Sprechers krächzte aus dem Radio: „Der Regierende Bürgermeister von Berlin, Willy Brandt, traf sich gestern ..."

Energisch drehte Elke an dem großen Rad, mit dem man die Sender wechseln konnte. Politik. Wen interessierte das schon? Außerdem hieß der gar nicht Willy Brandt, sondern Herbert Frahm. Das behauptete jedenfalls ihr Vater. Und ein Vaterlandsverräter war er auch, sagte ihr Vater.

„... die aktuelle Schlagerparade."

Das klang schon besser.

„In dieser Woche die Nummer eins: Peggy March, Mit siebzehn hat man noch Träume."

Prima! Elke stellte lauter. Das mußte man ausnützen, wenn die Alten am Samstag nachmittag nicht zu Hause waren.

Ihre Mutter war bei einer Freundin zum Kaffeeklatsch, und ihr Vater – na klar, Samstag nachmittag wusch der das Auto. Vor zwei Monaten hatte er einen nagelneuen DKW gekauft, und seitdem polierte er jedes Wochenende daran herum.

„Mit 17 hat man noch Träume, da wachsen noch alle Bäume in den Himmel der Liebe“, sang Peggy March.

Mensch, die konnte toll singen! Und wie die aussah! Elke stellte sich die langen, seidigen blonden Haare vor und die großen, sorgfältig geschminkten Augen. Einmal so aussehen! Aber sie hatte nun mal dunkle Haare – und färben? Ihr Vater würde jedes Haar einzeln ausreißen. Schminken? Dann könnte sie gleich ausziehen.

„Doch wenn man jung ist, so herrlich jung ist ...“, sang Peggy March.

Elke seufzte. Was nützte es, so herrlich jung zu sein, wenn die Alten Ansichten von vor zehntausend Jahren hatten.

Aber jetzt waren sie wenigstens nicht da.

Elke drehte noch ein bißchen lauter und stand auf. Dann warf sie ihre Haare mit elegantem Schwung nach hinten, hob den Kopf und wiegte sich in den Hüften. Einen Moment lang war sie Peggy March.

Aber nur einen Moment lang. Denn plötzlich wurde ihr schlecht, aber so richtig, und sie schaffte es grade noch bis zum Klo.

Verdammt, was war das bloß? Elke gurgelte mit Odolwasser und wartete, bis sich die sympathische Frische einstellte, die auf dem Flaschenetikett versprochen wurde.

Nachdenklich musterte sie ihr Gesicht im Spiegel. Blaß, Ringe unter den Augen.

Zum zweiten Mal schon war ihr so verflixt übel. Gestern, als ihr die Schachtel mit den Stecknadeln runtergefallen war. Sie hatte sie schimpfend aufgehoben, und beim Aufstehen, da war ihr genauso elend gewesen wie jetzt. Jetzt war es schon das zweite Mal.

Das zweite Mal.

Dauernde Übelkeit.

Die Erkenntnis traf sie wie wie ein Schlag. Sie rannte zum Telefon, hob den Hörer ab, legte ihn wieder auf die Gabel, rannte zum Küchenfenster.

Ihr Vater stand im Hof und wienerte seine Karre. Der kam so schnell nicht rauf. Zurück zum Telefon. 1-3-7-5. Na los, komm schon! Warum ging sie nicht ran? Samstag! Die machten Familienspaziergang. Nein, bitte nicht! Geh ran, geh ran!

„Hallo, Sabine, bist du's?"

Sabine, ihre ältere Schwester, war vierundzwanzig, hatte einen Ehemann und zwei kleine Kinder. Die mußte Bescheid wissen!

„Du, Sabine, weißt du noch, also, wie war das, ich meine, wenn du ein Kind gekriegt hast ..."

Ruhig, Elke, ruhig, laß dir nichts anmerken!

„Deshalb rufst du mich am Samstag nachmittag an?“ fragte Sabine erstaunt. „Was meinst du mit ‚Wie war das damals?‘ Wie war *was*?“ Plötzlich kicherte sie. „Ich soll dich doch wohl nicht aufklären, Kleine? Am Telefon?“

„Blödsinn! Da brauch’ ich grade dich dazu, du halbe Großmutter, nee, da kenn’ ich mich schon selbst aus!“

Hat sie jedenfalls gedacht.

„Also, was genau willst du dann von mir?“

Harmlos, ganz harmlos mußte es klingen. So, als ob es mit ihr selbst überhaupt nichts zu tun hätte.

„Also, ganz einfach. Wenn du, also, naja, also wenn du schwanger warst, ob ... ob dir dann öfter mal schlecht gewesen ist.“

So, jetzt war es raus.

„Sag mal, warum willst du denn *das* wissen? Also bei Stefan überhaupt nicht. Aber bei Evelyn – dauernd. Vor allem während der ersten Wochen.“

Elke krampfte ihre Hand um den Hörer. Das war es. Vor allem während der ersten Wochen. Jetzt war alles aus.

Wieder das Gekicher. „Aber jetzt sag schon, warum willst du das wissen, Kleine? Na, du bist ja ganz schön früh dran, muß ich sagen. Grade siebzehn ... Von wem ist es denn?“

7 0021-10

Die fand sich auch noch witzig.

„Ist nur ... nur wegen einem Aufsatz. Schönes Wochenende. Danke für die Auskunft. Tschüs."

Nicht sehr überzeugend. Aber das war ihr egal. Alles war egal. Sie war schwanger.

Elke fühlte, wie sich ihr Bauch verkrampfte.

Aber das lag nicht am Kind. Das war die Angst.

Mensch, wenn meine Alten das rauskriegen.

Die schlagen mich tot.

Mit siebzehn hat man noch Träume.

Das Wochenende durchlebte Elke, als ob sie aus zwei Wesen bestünde. Einem, das „ja, Vati", „sofort, Mutti" sagte, den Tisch deckte und die schmutzigen Teller wusch. Und einem, das halbverrückt war vor Grübeln und Denken und Hin-und-Her-Überlegen.

Am Sonntag nachmittag dachte sie, sie könnte es nicht mehr aushalten.

Ihr Vater war auf dem Fußballplatz, ihre Mutter hatte sich hingelegt.

Elke saß im Wohnzimmer.

Bis auf das Ticken der Tischuhr auf der Anrichte war es totenstill. Das Radio durfte man nicht anmachen am Sonntag nachmittag. „Die Nachbarn wollen ihre Ruhe haben, genau wie wir."

Elke ließ ihren Blick durch das Zimmer wandern.

Das Radio. Der Fernseher, mit dem Kasten oben drauf, für das zweite Programm. Der Wohnzimmerschrank mit den Fenstern aus Rauchglas und den Büchern dahinter, die ihre Mutter ein paarmal im Jahr beim Lesering kaufte. Die Anrichte mit der Uhr, den beiden Zinntellern und der Tänzerin von Rosenthal. Die schweren Sessel mit den mattschimmernden gelben Bezügen. Und der Couchtisch, der Stolz ihres Vaters. Wenn man nämlich einen kleinen Hebel unter der Platte umlegte, dann hob sie sich um zehn Zentimeter, und man konnte bequem beim Fernsehen zu Abend essen.

Elke mochte dieses Wohnzimmer nicht. Sie hatte es nie ausstehen können. Zuviel Holz, alles so dick und plump. Und der Standardsatz ihres Vaters, wenn er mit großer Geste durch den Raum wies: „Wodurch, glaubst du, haben wir uns das alles leisten können? Wir, die wir alles verloren haben? Durch Fleiß und harte Arbeit. Nicht durch das Hören von Ami-Musik und das Jammern, was man alles nicht darf."

Schon wegen diesem blöden Satz konnte sie das Zimmer nicht leiden.

Aber jetzt sah sie es plötzlich mit anderen Augen. Wenn man so ein Zimmer besaß, mit Couch und Tisch und Sesseln, dann brauchte man sich keine Sorgen zu machen, wenn man einen dicken Bauch kriegte. Nein, dann hieß es: „Streng dich nicht so an, mein Schatz. Möchtest du dich nicht lieber in den linken Sessel setzen, der ist für dich noch bequemer in deinem Zustand."

Wenn man noch kein Wohnzimmer hatte, wenn man seine Füße unter einen Couchtisch steckte, der einem nicht gehörte, sah es anders aus.

Sie konnte förmlich die Stimme ihrer Mutter hören: „Ein Mann muß sich die Hörner abstoßen. Das liegt in seiner Natur. Aber ein Mädchen, das sich nicht beherrschen kann, das ist keinen Schuß Pulver wert. Kind hin oder her, ich würde so eine aus dem Haus prügeln."

Elke sah auf das Bild, das über der Anrichte hing. Bäume waren darauf und eine Lichtung, auf der ein paar Jäger standen. Und jede Menge tote Tiere lagen herum. Hirsche, Hasen und Fasane.

„Lustige Jagd" hieß das Bild, das stand auf einem Messingschildchen am Rahmen. Wieso eigentlich lustig? Für die Jäger konnte es doch nicht lustig sein, Tiere abzuknallen, und für das Wild erst recht nicht.

„Ein Mädchen, das nicht ‚nein' sagen kann, ist für die Männer Freiwild", sagte ihre Mutter.

Einen Moment lang sah sich Elke, wie sie von den Jägern verfolgt durchs Unterholz lief, und sie merkte, wie sich ihr Magen zusammenzog.

Ob sie Klaus anrufen sollte?

Klaus ... Sein Vater hatte einen klapprigen Käfer, so einen, der hinten noch ein Eierfenster hatte. Und den durfte Klaus öfter mal ausleihen. Vor drei Wochen – drei Wochen war das schon her? – hatte er sie ins Kino eingeladen und dann in die Eisdiele. 'ne Menge Likör war in dem Eisbecher gewesen, sie war richtig beschwipst gewesen hinterher. Aber das war es nicht. Nicht der Likör war schuld. Sie wollte seine Küsse. Sie wollte, daß er seine Hände unter ihr Kleid schob und sie streichelte. Mit siebzehn hat man noch Träume ... Durfte man sich nicht mal einen einzigen erfüllen? Einen, der nichts kostete und der so einfach Wirklichkeit werden konnte, auf der Rückbank eines Käfers mit Eierfenster?

Erst als Klaus immer heftiger atmete und ihr bloß alles weh tat, wegen dem blöden Radkasten und weil Klaus so grob war und so tonnenschwer auf ihr drauflag und sie plötzlich Angst bekam, da hatte sie ihn mit aller Kraft und voller Panik weggestoßen. Aber es war wohl schon zu spät gewesen. Und es hatte ihr nichts eingebracht, außer, daß Klaus seitdem kaum mit ihr geredet hatte. Schwanger war sie trotzdem.

Ob sie ihn anrufen sollte? Nein, das ging nicht. „Du, wegen neulich, du weißt schon, im Auto, also ich glaub', ich bin schwanger. Was machen wir jetzt?" So was sagte man nicht einfach ins Telefon.

Ich geh' morgen vor der Schule zu ihm.

Wenn man bloß mit jemandem reden könnte!

Vati auf dem Fußballplatz. Mutti hat sich hingelegt. Elkelein ist schwanger.

Wenn bloß der Sonntag schon vorbei wäre! Der Montag ist ein guter Tag. Da kann man was tun, da muß man nicht grübeln.

Irgendwie ging der Sonntag wirklich vorüber.

Am Montag um Viertel nach sieben stand Elke vor der Autowerkstatt, in der Klaus Lehrling war.

Wenn man morgens früher ging, brauchte man zu Hause keine Ausrede. Bloß, wenn man abends später kam.

Ihre Alten dachten bestimmt, am Morgen gibt es keine Gelegenheit, bei der ein Mädchen vergessen konnte, nein zu sagen – im Gegensatz zum Abend. An den Nachmittag auf einer Rückbank im Käfer dachten sie überhaupt nicht.

„Hallo, Klaus." Ob der jeden Abend so verschmiert heimkam, wie er jetzt schon aussah?

„Elke? Ja, was willst du denn hier?"

„Also, Klaus, ich ... ich muß dir was sagen."

Warum ihr das so schwerfiel? Klar, wegen der Schande. Aber warum bei ihm? Er hat doch mitgemacht, ist doch auch sein Kind.

„Du weißt doch bestimmt noch, vor drei Wochen, im Auto ..."

Klaus machte ein mißvergnügtes Gesicht.

„Ja, weiß ich noch. Nur zu gut. War ein tolles Erlebnis, ehrlich. Wieso? Hast du was verloren?"

„Nee, Klaus. Im Gegenteil."

Einen Augenblick starrte er sie verständnislos an. Dann begriff er. Und wurde wütend. „Von dem halben Mal? Da lach' ich ja bloß. Was weiß ich, mit wem du es alles treibst? Erst verdirbst du mir den ganzen Spaß, und jetzt willst du mir auf die krumme Tour kommen? Nee, verarsch jemand anders!" Er drehte sich um und ging. Auf seinem blauen Overall, direkt am Hinterteil, war ein großer Ölfleck, schwarz und fettig.

Hätte sie den bloß eher gesehen!

Ihr war schon wieder schlecht.

In der Schule saß bloß ihre Hülle. Sie selbst stand vor ihren Eltern und sagte: „Übrigens, was ich euch noch erzählen wollte – ich krieg' ein Kind."

Sie ging durch den Hausflur, und aus allen Türen schauten neugierige Gesichter heraus.

„Die da – grad siebzehn ist sie", flüsterte es überall, „steckt die Füße noch unter den Tisch ihres Vaters und kriegt schon ein Kind."

Sie sah ihrem Vater beim Autowaschen zu.

Plötzlich drehte er sich um und schwang drohend das nasse Leder. „Glaub ja nicht, daß ein uneheliches Kind in meinem Wagen mitfahren darf!" schrie er.

Ihre Mutter saß inmitten ihres Kaffeekränzchens, tief verschleiert und immer, wenn sie den Schleier hob, um ein Stück von ihrer Eierlikörtorte in den Mund zu schieben, jammerte sie laut: „Nein, nein, diese Schande, nirgends kann ich mich mehr sehen lassen!"

Ihre Schwester lehnte am Fenster und hatte über die eine Hand eine Kasperlpuppe gezogen, die haargenau aussah wie Peter, ihr Mann. Die andere Hand schien nur aus einem langen Zeigefinger zu bestehen. Damit deutete sie auf das Püppchen und sagte immer nur: „Meiner, meiner, meiner!" Und plötzlich wuchs die Puppe und wuchs und hatte einen blauen Overall an und reckte Elke das Hinterteil entgegen, da war ein riesiger, fettiger, schwarzer Ölfleck drauf.

„Ist dir nicht gut, Elke?"

Eine halbwegs teilnahmsvolle Stimme drang in ihr Bewußtsein und holte Elke aus der Welt ihrer Alpträume in ihre Hülle zurück, die zusammengesunken in der Schulbank hockte.

„Geh ein bißchen an die frische Luft!"

Das Allheilmittel frische Luft. Wenn du mal zufällig schwanger sein solltest, geh einfach ein bißchen an die frische Luft.

„Danke, es geht schon.“

„Nein, wirklich, Elke, du siehst gar nicht gut aus. Geh zehn Minuten an die Luft, das wird dir guttun!“

Also schön, war eigentlich auch egal, wo einem schlecht war, ob hier drinnen oder draußen auf dem Schulhof. Durch den langen Gang, der nach dem roten Zeug stank, das die Putzfrauen nachmittags immer verstreuten und dann mit ihren großen Besen wieder zusammenkehrten. Vorbei an der Gipsbüste des Mannes, der der Schule den Namen gegeben hatte. „Edel sei der Mensch, hilfreich und gut" stand auf dem Sockel.

„He, Elke, wart auf mich!"

Elke blieb stehen und drehte sich um. Doris, ihre Freundin und Banknachbarin kam auf sie zu. Ein edler, hilfreicher und guter Mensch ... Vielleicht konnte man endlich mal jemandem erzählen ...

„Mensch, Elke, sag mal, was ist eigentlich? Bist du krank?"

„Nee." Endlich, endlich flossen die Tränen, und die ganze Angst der letzten beiden Tage wurde mit den salzigen Tropfen nach draußen geschwemmt.

„Nee, nicht krank. Bloß schwanger."

„Schwanger? Bist du verrückt?" Der Arm, der sich um Elkes Schulter gelegt hatte, sank herab. „Wie hast du denn das gemacht?"

Noch immer flossen die Tränen reichlich. Aber Heulen macht nicht taub, und nur eine Taube hätte überhören können, was das für eine saudumme Frage war.

„Mensch, wie ich das gemacht hab'! Frag deine Alten, wie's geht! Wenn sie dir nicht gleich eine schmieren, sagen sie dir's vielleicht!"

„Naja, vielleicht hättest du besser wissen sollen, wie's *nicht* geht!" Doris' Stimme klang ziemlich spitz. „Also, ich geh' dann wieder!" Nein, jetzt eher ängstlich, so nach: „Ich hab' nichts gehört und nichts gesehen. Besser ist besser. Nein, damit will ich nichts zu tun haben."

„Sag mal, Doris, hast du eigentlich noch Träume?"

„Träume? Was meinst'n damit?"

„Ach, nichts."

Mittags war ihr Entschluß gefaßt. Sie mußte es genau wissen. Auch wenn sie es eigentlich schon wußte. Als sie im Telefonbuch blätterte, hatte sie plötzlich dieses komische Gefühl, das man hat, wenn man nichts sieht, nichts hört, nichts riecht und trotzdem genau weiß, daß jemand da ist. Sie fuhr herum. An der Tür stand ihre Mutter und beobachtete sie.

Fingen sie jetzt schon wieder an, ihr hinterherzuschnüffeln? Pech gehabt! Sie hatte schon gesehen, was sie sehen wollte. Einen Namen und eine Adresse.

Lässig klappte Elke das Telefonbuch zu und wollte wortlos an ihrer Mutter vorbei aus dem Zimmer gehen.

„Ach, Elke? Sabine hat heut' vormittag angerufen und erzählt, was du für seltsame Fragen gestellt hast. Was sollte das eigentlich?"

Das war, als ob einem jemand Eiswasser über den Rücken goß. Nicht nur, weil die Gefahr jetzt größer wurde, daß alles rauskam. Fast schlimmer war, daß man keinem trauen konnte. Alle kontrollierten, redeten, wußten besser, drohten, mahnten, klatschten, mißtrauten – ‚Sich-Sorgen-Machen' hieß das dann oder ‚Es-gut-Meinen'. In Wahrheit bedeutete es bloß, daß man allein war. Und daß man lernte, besser zu lügen.

„Sabine hat mal wieder gar nichts verstanden. Wir haben in Deutsch darüber geredet, ob eine Frau Kinder kriegen sollte ... also, ich meine, in der Ehe."

„Was für eine Frage! Natürlich soll sie. Das ist doch wohl ihre Hauptaufgabe. Über was für einen Quatsch ihr heutzutage in der Schule redet! Aber ... mit Aufklärung hat das doch nichts zu tun?"

Da war es wieder, das Mißtrauen.

„Nein, Mutti, ganz normal in Deutsch."

„Naja, heutzutage weiß man ja nie."

Gott sei Dank, sie schien zufrieden zu sein.

„Übrigens, heut nachmittag geh' ich zur Gymnastik in die Schule. Ich muß mal wieder 'n bißchen trainieren."

Turnhalle, das war o.k. Da gab es kein Telefon, da konnte kaum eine Panne passieren.

„Ist gut. Komm aber hinterher gleich nach Hause."

„'türlich, Mutti!" Nichts wie weg.

Die Straßenbahnfahrt dauerte lang. Draußen flogen Schilder und Bilder vorbei. Pack den Tiger in den Tank. Sicherheit durch Recht und Ordnung. Wer es kennt nimmt Kukident. Wer wird denn gleich in die Luft gehen.

Ich nicht, dachte Elke. Ich hab' bloß Angst, mit jeder Haltestelle mehr.

Es waren elf Haltestellen.

Als sie ausgestiegen war, war sie nahe daran, die Gleise zu überqueren und in der anderen Richtung wieder einzusteigen.

Was wollte sie hier? Die Bestätigung, daß sie recht hatte? Gab es da noch Zweifel?

Nein, das war eigentlich nicht der Grund.

Einmal, da war sie noch ein Kind gewesen, hatte sie einen Zehnmarkschein verloren, der ihrer Mutter gehört hatte. Was hatte sie für Angst gehabt, vor dem Kochlöffel. Sie war einen Umweg gelaufen, und da hatte sie einen Zwanziger gefunden, einen richtigen Zwanziger.

Eine ausweglose Situation, und trotzdem hatte es eine Lösung gegeben.

Ja, das war es. Deshalb war sie hergekommen. Sie hatte die verrückte Hoffnung, daß es für ihre ausweglose Situation eine Lösung gäbe.

Die Sprechstundenhilfe war freundlich, von dieser besonderen Art Freundlichkeit: So, wie ihre Mutter, wenn sie sich auf der Straße über das

Baby einer Bekannten beugte und „Eidudeidudeidu" machte. Man will ja nett sein, aber man ist nicht sonderlich interessiert.

„Nehmen Sie bitte einen Augenblick im Wartezimmer Platz!"

Außer ihr saß nur noch eine junge Frau darin. Sie strahlte Elke an.

Klar, sie strahlt, dachte Elke. Sie ist schwanger. Wirklich ein Grund zum Strahlen.

Verstohlen ließ sie ihren Blick über den Körper der anderen wandern, bis er auf der rechten Hand zur Ruhe kam, dort, wo am Finger der schmale goldene Ring steckte.

Von diesem schmalen Ding hing es ab, ob man strahlte oder ob man halbtot war vor Angst. Besonders mit siebzehn.

Ob Peggy March auch schon mal schwanger gewesen war? Also wenn, dann bestimmt nicht von einem Kerl wie Klaus, mit einem fettigen schwarzen Ölfleck am Hintern, der sich umdrehte und ging, wenn es ernst wurde.

Jetzt wurde die junge Frau aufgerufen. Auf Wiedersehen, Strahlefrau! Willst du nicht zwei Kinder haben?

Elke war allein im Wartezimmer. Es war sehr warm, durch die Fensterscheiben drang gedämpft der Lärm der Straße. Seit die junge Frau draußen war, roch es auch anders. Nach Krankheit. Nach Hilflosigkeit, die man mit sauberen weißen Kitteln und Desinfektionsmitteln bekämpfte.

Schwangerschaft war für Elke auch eine Krankheit. Eine Krankheit, bei der einem schlecht war und das Herz so heftig klopfte, daß es weh tat. Eine Krankheit, gegen die sie hilflos war.

„So, wenn Sie jetzt mitkommen wollen? Der Herr Doktor wird gleich da sein."

Da war er schon. Die gleiche Art von Höflichkeit. Kühle graue Augen.

„Hallo, Elke. Ich darf doch Elke sagen? Was haben wir denn für Probleme?"

Warum fragt er, ob er Elke sagen darf, wenn er mir keine Zeit für die Antwort läßt? *Wir* haben keine Probleme. Ich habe Probleme.

Wenn sie nur wüßte, wie sie anfangen sollte! „Es ist ... zuerst muß ich ..." Elke merkte, daß ihre Hände sich gegenseitig kneteten. Sie haßte das. Sie fand, es gab nichts, was ratloser aussah als zwei Hände, die sich kneteten. „Darf ich ... ich meine, kann ich mich setzen?"

„Aber klar!"

Sah sie richtig? Kam da ein bißchen Wärme in die grauen Augen? „Zuerst muß ich ... ich meine, wegen der Schweigepflicht ..."

„Was wir hier besprechen, das bleibt unter uns. Ich versprech's." Plötzlich lächelte er, aber das machte es auch nicht leichter.

„Also es ist ..., ich bin schwanger."

Verdammt, warum kamen ausgerechnet jetzt die Tränen!

„Ein ziemlich weitverbreitetes Leiden", sagte der Arzt. Aber als er sah, daß die Tränen nur noch reichlicher flossen, schwieg er. Er ließ sie den Blusenärmel hochkrempeln, maß ihren Blutdruck und deutete dann auf einen Vorhang. „Bitte machen Sie sich frei, ja?" Als er sah, daß sie zögerte, fragte er freundlich: „Sie waren noch nicht beim Frauenarzt?"

Elke schüttelte den Kopf.

„Also: Rock, Strümpfe und Schlüpfer. Den Rest können Sie anbehalten."

Sie verschwand hinter dem Vorhang, schlüpfte aus den Schuhen, streifte im Zeitlupentempo die Strümpfe herunter. Ach was, blödes Getue! Rock und Schlüpfer flogen den Strümpfen hinterher. Das Unterhemd war ziemlich lang, sie zog es noch ein bißchen weiter hinunter, dann trippelte sie mit kleinen Schritten hinter dem Vorhang hervor.

Wenn er jetzt lachte, würde sie den Rock überziehen und davonlaufen.

Aber er war ganz ernst. „Setzen Sie sich jetzt bitte in den Stuhl", sagte er und zog sich ein Paar dünne Gummihandschuhe an. Dann fing er an, sie allerhand zu fragen, lauter überflüssiges Zeug fand sie, nach ihren Eltern, ihrer Schule, ihrem letzten Urlaub. Ablenkungsmanöver!

Sie schämte sich fürchterlich, wie sie da mehr lag als saß. Die Käferrückbank fiel ihr wieder ein, Klaus, wie er sie angeschrien hatte, der Ölfleck auf seinem Overall. Sie umklammerte die Lehnen und zwang sich, ruhig sitzen zu bleiben. Erst als sie merkte, daß der Arzt ihr aufmerksam ins Gesicht blickte, während er sie vorsichtig untersuchte, entspannte sie sich ein bißchen. Sie schloß die Augen und hörte zu, was der Arzt ihr erzählte. Sie sah nicht das plötzliche Erstaunen in seiner Miene, das durch ein Lächeln abgelöst wurde.

Als er „so!" sagte, die Handschuhe abstreifte und sich die Hände wusch, öffnete sie die Augen.

Warum redete er nicht? Worauf wartete er?

Ja, liebe Elke, ich darf doch Elke sagen, wir sind schwanger. Aber das macht überhaupt nichts. Wir wollen uns doch freuen und strahlen wie die junge Frau vorhin, und alle Schwierigkeiten räumen wir in Null Komma nix aus dem Weg.

Statt dessen sagte er nur: „Sie können sich wieder anziehen, Elke!"

Was hatte das zu bedeuten, „Sie können sich wieder anziehen, Elke!" Nichts Gutes. War da noch was zu sagen außer: „Sie sind schwanger?"

Ihr Herz schlug heftig, als sie sich anzog, und sie bewahrte nur mühsam die Fassung, als sie

8 0021-10

wieder vor den Vorhang trat.

„Setzen Sie sich ruhig wieder“, sagte der Arzt und fuhr im selben Atemzug fort: „Wie ist Ihnen der Verdacht gekommen, daß Sie schwanger sind?“

„Ich ... ich meine, mir war ein paarmal so schlecht ...“

Der Arzt nickte. „Und wann war Ihre letzte Periode?“

„Vor einem Monat, glaub’ ich.“

„Mmh. Nicht gerade ein Alarmzeichen, oder? Wann hatten Sie denn Intimverkehr mit Ihrem Freund?“

Mein Gott, stellte der Fragen! Ihre Mutter würde einen Schreikrampf kriegen, wenn sie das hörte, und ihr Vater, der würde wahrscheinlich die Polizei holen.

„Vor ... vor drei Wochen.“

Der Doktor nickte wieder. „Und dabei ist es zur geschlechtlichen Vereinigung gekommen, ja?“

Verdammt, was fragte der noch alles? Und warum kamen jetzt wieder die Tränen?

„Ich ... ich glaub’ schon. Also, nicht sehr lang, mein’ ich, weil ... er war so – so grob, und ich wollte eigentlich auch gar nicht, aber es muß ja wohl passiert sein, sonst wär’s mir doch nicht so schlecht, das ist doch ein eindeutiges Zeichen, oder?“

Der Arzt sah sie freundlich an. „Sie haben einen ziemlich niedrigen Blutdruck. Da kann es einem schon mal übel werden. Vielleicht auch einen nervösen Magen, das würde mich nicht wundern. Irgendwelche Anzeichen für eine Schwangerschaft liegen nicht vor. Es gibt einen neuen Test, den wir noch machen könnten, wenn es Sie beruhigt, aber er ist überflüssig. Meine Untersuchung hat nämlich ergeben, daß eine geschlechtliche Vereinigung noch nicht stattgefunden hat. Vermutlich haben die Grobheit Ihres Freudes und Ihr eigener Widerstand sie verhindert. In Ihrer Angst haben Sie das gar nicht gemerkt."

Er sagte auch sonst noch einiges, aber Elke hörte nicht mehr zu. Es war also alles in Ordnung, und sie konnte Klaus in den Hintern treten, genau dahin, wo der Ölfleck auf dem Overall war, wenn er noch mal ankäme.

Aber als sie die Treppen hinunterging und auf die Straße trat, spürte sie auf einmal, daß gar nichts in Ordnung war. Das heißt, alles war in Ordnung, solange das Leben so lief, wie es zu laufen hatte. Solange man alles genauso machte, wie es die anderen erwarteten. Dann hatte man einen Freund, eine Freundin, eine Schwester und Eltern. Aber wenn was schieflief, dann hatte man einen Dreck. Dann war man allein. Also war nichts in Ordnung.

Elke stand an der Haltestelle und wartete auf die Straßenbahn. Leise, fast tonlos pfiff sie vor sich hin. *„Mit siebzehn hat man noch Träume."*

Träume?

Nee. Erst mal nicht mehr.

Let it be

(1970)

Verdammt, für sein Alter konnte der aber noch zuhauen! Thomas hielt sich den Kopf, während er die Treppe hinauf in sein Zimmer ging. Die Hand soll ihm abfallen! dachte er wütend, aber seine Wut verrauchte schnell. Der Abend wäre hundert Ohrfeigen wert gewesen!

Nach dem Essen hatte er sich überlegt, was er machen sollte. Auf die Physikarbeit vorbereiten? Brachte ja doch nichts. Was im Buch stand, kapierte er nicht, und was der Pauker erzählt hatte, schon gar nicht. Mit den Alten fernsehen? Gab doch bloß wieder die üblichen Diskussionen.

Cello üben? Allein Musik machen – nee, da war man alleiner als allein. Aber auf Alleinsein hatte er absolut keinen Bock gehabt.

Schließlich war die Entscheidung gefallen. In die Stadt fahren und flippern gehen. Fünf Mark hatte er noch in der Tasche gehabt. Das reichte dicke. Eine Mark für Dochte, eine Mark zwanzig für 'n Bier, blieben zwoachtzig zum Verspielen. Einer der Flipper war kaputt – wenn man den vor der dritten Kugel vorsichtig schüttelte, dann ratterte der die Tausender nur so runter. Klack, klack, klack, klack machte es dann, vier Freispiele pro Runde.

Im Bunker (Spielhalle hieß er offiziell, aber alle sagten Bunker) war man außerdem nie allein; da war Licht und Lärm und Rauch, man konnte mit dem Rentner quatschen, der Markstücke, Fünfziger und Groschen einwechselte, und meistens war auch irgendein Kumpel da.

Also, nichts wie los, den Alten pro forma „Geh jetzt in die Stadt" gesagt („Aber um zehn bist du wieder da!" – „Jaja, schon gut!") – und draußen war er gewesen. Er hatte überlegt: Rad oder Bus?

Eigentlich lief zur Zeit eine Riesenaktion: „Roter Punkt – Nahverkehr zum Nulltarif." Und jeder, der ein bißchen Charakter hatte, boykottierte die Verkehrsbetriebe, bis sie in die Knie gezwungen waren. Aber nach einem Blick zum Himmel hatte er sich doch für den Bus entschieden; die Monatskarte steckte, zur Sicherheit, immer in der Tasche.

Er war in den Bus eingestiegen, hatte sich wie gewohnt umgeschaut, was so mitfuhr, und dann einen echten Schock gekriegt. Das gab's nicht, das war Schicksal! Da hatte sie gesessen, die endgültige Frau.

Lange blonde, seidig schimmernde Haare, mehr hatte er erst gar nicht sehen können, der Rest war verdeckt gewesen von einem großen schwarzen Cellokasten. Einem Cellokasten!

Er war immer noch dagestanden, als ob er bekifft gewesen wäre. Sie spielte Cello. So was mußte Schicksal sein. Er hatte weiter nach unten geguckt. Ein kurzes Röckchen, durch den unförmigen Kasten weit nach oben geschoben, und zwei runde, glatte, märchenhaft schöne Schenkel.

„Bitte, schau hinter deinem Kasten hervor", hatte er im Stillen gefleht, „bitte!"

Dann hatte sich in einer Kurve das Instrument zur Seite geneigt, und Thomas hatte ihr in die Augen sehen können, graugrüne Augen, die ihn einen winzigen Augenblick lang kühl gemustert hatten, bis der Kasten wieder an seinen Platz gerumpelt war.

Thomas hatte sich noch immer nicht gerührt, als plötzlich eine meckernde Stimme in sein Bewußtsein gedrungen war: „Eh, Thomas, Mann eh, was machst'n du hier?"

Ach du Scheiße, Rainer Möllemann!

„Was ich hier mach', eh? Ich fahr' Motorrad, Mann! Siehste doch!"

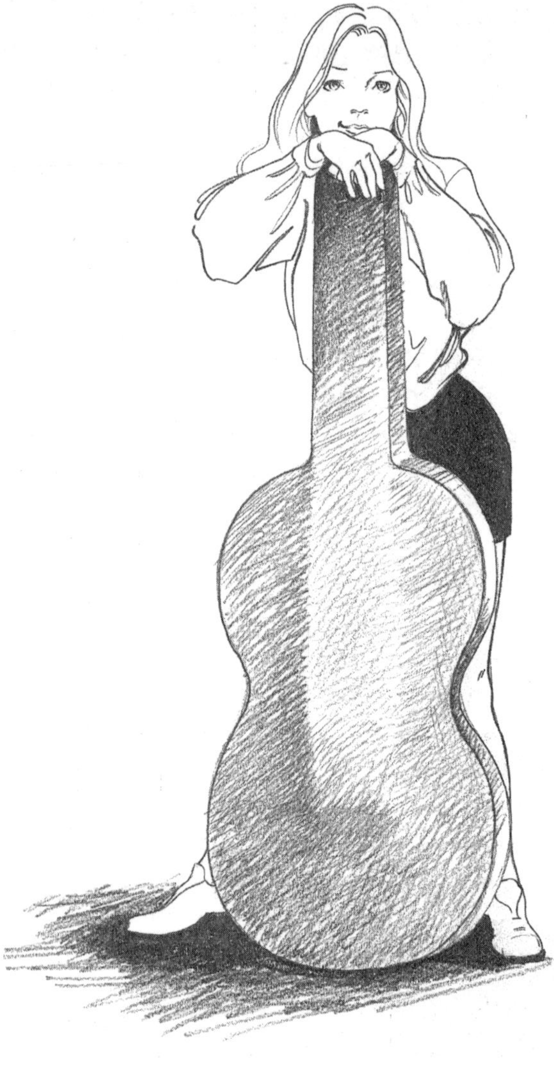

Ein kurzer, wohlwollender Blick hinter dem Cellokasten hervor, Augen, die nicht mehr so kühl geblickt, ein Mund, der ein kleines bißchen gelächelt hatte.

Mensch, Rainer Möllemann, echt gut, dich zu treffen!

„Hallo, Rainer!“

Thomas hatte sich zu seinem Bekannten gesetzt, und der hatte sofort wissend ein Auge zugekniffen. „Die macht dich wohl an, was?“

„Die? Mich? Nee. Wieso? Kennste die?“

„Klar kenn’ ich die.“

„Und?“

„Wie, und!“

„Na, wer das ist!“

„Ich sag’ doch, die macht dich an!“

„Mann, schrei doch nicht so! Also, wer ist das?“

„Bleib ruhig, Junge. Die Tochter von unserem Nachbarn. Conny Mühlhausen.“

Conny Mühlhausen. Conny Mühlhausen. Irgendwie ein ganz netter Name.

„Spielt die Cello?“

„Is ja wohl kaum zu übersehen, oder?“

„Aber warum fährt die abends mit’m Cello durch die Gegend?“

Rainer hatte plötzlich breit gegrinst. „Mann, jetzt ist aber ’n Pils fällig!“

„Wieso?“

Das Grinsen war noch breiter geworden. „Mann eh, ich weiß, wo sie hinwill!"

Nachdem Thomas noch eine Zeitlang gebohrt hatte, vorsichtig, um kein zu großes Interesse zu verraten, war Rainer endlich mit den Fakten rausgerückt. Sie war fünfzehn und ging aufs Humboldt-Gymnasium. Es gab unheimlich viele Typen, die scharf auf sie waren. Aber soweit er, Rainer, das gewußt hatte, hatte noch keiner landen können. So was kriegte man doch mit, als Nachbar.

Und dann war das Wichtigste gekommen: „Heut is Konzert in ihrer Schule. Da fährt sie jetzt hin, weil sie da mitmacht." Das Grinsen war so breit geworden, daß es das Gesicht glatt in zwei Teile geschnitten hatte: „Eintritt frei!"

Thomas hatte nicht lang für seinen Entschluß gebraucht. Das Schicksal wollte, daß er die Chance nutzte. „Okay. Ich geh' hin. Paß auf, ich hab 'n Fünfer in der Tasche. Zigaretten und 'n Bier für jeden sind drin. Gehste mit?"

„Klar."

Mann, konnte der das Grinsen nicht mal wieder abstellen?

„Ich wollte sowieso hin. Meine Schwester macht auch mit."

Das Konzert war unheimlich schön gewesen. Thomas hatte einen Platz in der vierten Reihe ergattert und sie den ganzen Abend sehen können. Wie sie im Orchester gesessen hatte, den Kopf über das Cello gebeugt, wie die niedlichen kleinen Fingerchen über das Griffbrett gesaust waren, wie sie immer wieder die blonden Haare schwungvoll nach hinten geworfen und verlegen lächelnd ins Publikum geschaut hatte, wenn sie sich verspielt hatte.

Aber am stärksten war es am Schluß gewesen, als der Chor seinen Auftritt gehabt hatte. Da war sie in der ersten Reihe gestanden, und er hatte sie die ganze Zeit anschauen können: das Haar, das ein bißchen strubbelig geworden war, das Gesicht, über dem von der Wärme und der Aufregung ein rosa Schimmer gelegen hatte, die Bluse mit den feuchten Flecken unter den Armen und die runden, glatten, schlanken Beine unter dem kurzen Röckchen.

Für Thomas war es gewesen, als wäre sie allein auf der Bühne gestanden. Wenn er ihr in das niedliche Gesicht mit den ausdrucksvollen grauen Augen geschaut hatte, hatte sein Herz heftig zu pochen begonnen; bei einem Blick auf die Beine war er jedesmal unruhig auf seinem Sitz herumgerutscht. Verfluchte Kiste, hatte er gedacht, mich hat's erwischt!

Der letzte Programmpunkt war ein Song von den Beatles gewesen. „Let it be“ ... Leise, fast unhörbar, hatte er mitgesungen und das Mädchen dabei angestarrt:

„And when the night is cloudy,
there is still a light that shines on me,
shine until tomorrow,
let it be."

Die Menschen im Saal waren zu schwarzen Schatten verschmolzen, Conny war auf ihn zugekommen, hatte seine Hand gefaßt, und zusammen waren sie davongetanzt, weg von der Welt, weg von den Alten, weg von Zensuren und Verboten, weg vom Alleinsein ...

Let it be ... Ordinärer Applaus hatte seine Träume beendet.

Aber er hatte gleich begeistert mitgeklatscht und schüchtern ihren Blick gesucht. Da, jetzt hatte sie die Haare aus der Stirn gepustet und danach ins Publikum gestrahlt, genau in seine Richtung. Dann war sie hinter der Bühne verschwunden, und der Saal hatte sich aus einem Lichterpalast wieder in das verwandelt, was er eigentlich war: eine häßliche Aula mit dem säuerlich-staubigen Geruch nach Schule.

„Sie gehen bestimmt alle in die ‚Sommerlust'", hatte Rainer erklärt, als sie sich draußen wieder getroffen hatten.

„Okay. So lang der Fünfer reicht."

An einem Tischchen gleich hinter dem Eingang hatten sie sich niedergelassen, Zigaretten und Bier bestellt.

„Die kommt, sag' ich dir." Rainer war ganz sicher gewesen, und er hatte recht behalten. Sie war gekommen, mitten in einem Pulk von Freundinnen, aber Rainer hatte sie völlig ungerührt angequatscht und nicht mal bemerkt, daß Thomas Herzflattern gekriegt und in einem Tempo an seiner Zigarette gezogen hatte, als ob er den Teer zum Überleben bräuchte.

„Hallo, Conny! Ihr wart echt gut heute."

„Hallo. Danke."

Ein reichlich kühler Blick. Der Lieblingsnachbar schien Rainer nicht grade zu sein.

„Das ist Thomas. Spielt auch Cello. Fast 'n Profi."

„Red nicht so 'n Scheiß!"

Thomas hatte seinen Freund nachhaltig in die Rippen gestoßen, obwohl er es eigentlich ganz gut gefunden hatte, dieses „fast wie 'n Profi". Und wahr außerdem. Tatsächlich war so was wie Interesse in den graugrünen Augen zu erkennen gewesen, die Thomas neugierig gemustert hatten.

„Wirklich?"

„Ja."

Thomas hatte dreimal schlucken und dann eine Riesenmenge Rauch inhalieren müssen, bevor er – denk dran, das ist Schicksal heute! – seinen ganzen Mut zusammengenommen und gefragt hatte: „Vielleicht spielen wir mal zusammen?“

Ein lächelndes „Ja, vielleicht. Machen wir. Irgendwann mal“, ein freundliches Winken, dann war sie weitergegangen, ihren Freundinnen hinterher. Aber ein leiser Duft und soviel Sehnsucht waren zurückgeblieben, daß Thomas ihr todesmutig nachgerufen hatte: „Wann?“

Und da war das Unbegreifliche geschehen, das Wunder, der Sieg, sie hatte sich umgedreht, gelächelt und geantwortet:

„Ruf mich an!“

Natürlich war er nicht um zehn nach Hause gekommen, sondern um kurz vor zwölf, aber die fälligen Überziehungsohrfeigen hatte er eingesteckt, ohne mit der Wimper zu zucken. *Let it be!*

Erklärt hatte er nichts. Was ging das die Alten an, warum er zu spät gekommen war! Hätte er ihnen was von Liebe erzählt oder so, sie hätten ihn bloß ausgelacht. Hauptsache, er hatte jetzt seine Ruhe. Die Hände unter dem Kopf verschränkt, lag er auf dem Bett und genoß das Gefühl, das man hat, wenn man nur noch eine Spanne vom Glück entfernt ist.

„Ja, vielleicht, machen wir“, hatte sie gesagt.

„Ja“ war eindeutig. Ja heißt ja. „Vielleicht“ war

nicht so gut. Vielleicht sagte man auch, um jemanden abzuwimmeln. Krieg' ich noch 'ne Chance bis Notenschluß? Vielleicht.

„Machen wir", das klang gut, das hatte was Endgültiges. Klar, ist gebongt, hieß das.

„Irgendwann mal", das war ganz schlecht. Das war die Lieblingsfloskel von Mädchen für „nein".

Sehn wir uns mal wieder? Wer weiß? Irgendwann mal, das bedeutete nichts anderes als: Ich bin nicht interessiert, endlich kapiert, du Blödmann?

Das „irgendwann mal", das hatte ihn dazu gebracht, „wann?" zu fragen; nie hätte er sonst den Mut gehabt.

Aber die Antwort hatte alles geklärt. „Ruf mich an", das war so gut wie ein endgültiges „Ich möchte mich mit dir treffen, du gefällst mir, warte nicht so lang mit deinem Anruf, am liebsten gleich morgen, tut mir leid, daß es nicht sofort geht." Gleich morgen ...

Thomas fielen die Augen zu. Aber es wurde nicht dunkel.

There is still a light that shines on me ...

Es leuchtete so hell, daß das Mädchen mit den graugrünen Augen leicht den Weg in seine Träume fand.

Am nächsten Morgen hatte Thomas wenig Neigung, seiner Schulbesuchspflicht nachzukommen. Niemand konnte von ihm verlangen, sein Gehirn von Conny Mühlhausen auf Barocksonette und Kohlenwasserstoffe umzuschalten.

So nahm er sich vor, nach einem Anstandsbesuch in der Lateinstunde an heftigen Magenschmerzen zu leiden und dann das zu tun, wozu er gestern nicht gekommen war: flippern zu gehen. Einssechzig und ein paar Dochte waren noch übrig, das würde schon reichen. Was er vor allem brauchte, war Ruhe zum Nachdenken.

Aber wenn man dringend Ruhe brauchte, dann kam garantiert was dazwischen!

„Versammlung Rote Zelle", raunte ihm nämlich sein Nachbar Günter zu, als die Stunde gerade mit der üblichen witzigen und unterhaltsamen Cicero-Übersetzung begonnen hatte.

„Wann?"

„In der großen Pause."

„Kann ich nicht!"

„Du mußt!"

„Und wieso, eh?"

„Mann, wir brauchen dich! Wir haben ein Riesenprogramm!"

„Thomas, hör auf zu schwätzen! Mach weiter bei Seite sieben, ‚persuasi ...'"

Das hatte noch gefehlt! Thomas erwog einen Moment lang, eine Grundsatzdiskussion über den Sinn von Cicero zu beginnen, aber er verwarf das sofort wieder. Dauerte zu lang und verbrauchte viel zu viel Energie. Also übersetzte er schnell und versank anschließend gleich wieder in einen angenehmen Tagtraum. Zehn Sekunden lang.

Dann meldete sich flüsternd sein Nachbar wieder. „Also, was is jetzt?"

„Was ist was?"

„Versammlung, große Pause."

„Warum is das so wichtig?"

„Mann, eh, hast du vergessen, was wir alles vorhaben? Anti-Springer-Demo, Sit-in wegen der neuen Schulordnung. Der neue Kunstlehrer hat 'n Faschismus-Arbeitskreis angeboten, wir müssen diskutieren, ob wir da hingehen oder ob wir ihn boykottieren. Dann gibt's 'n paar neue Genossen, die brauchen Einweisung in den Marxismus-Leninismus, könntest du doch machen, oder? Und dann kommt noch 'n Genosse von der Uni, der will irgendwas. Also, was is?"

„Mensch, du kannst mich kreuzweise ... also gut!"

Die Magenschmerzen mußten warten, bis die Zusammenkunft der Roten Zelle vorüber war, aber dann wurden sie um so heftiger, so daß sich Thomas endlich um Viertel nach elf, versehen mit den besten Wünschen für gute Besserung, auf den Weg in den Bunker machen konnte. Als die

9 0021-10

Schule außer Sichtweite war, glättete sich seine schmerzverzerrte Miene, und er begann zu pfeifen. Den Song, der ihm sofort das Bild eines Gesichts mit graugrünen Augen, umrahmt von blonden Haaren, in die Seele zauberte: *Let it be.*

In der Spielhalle war wenig los, der Flipper mit dem Dreh war frei. Thomas steckte sich eine Zigarette an, warf Geld in den Automaten und begann zu spielen. Aber er war nicht bei der Sache und verhaute fast jede Kugel.

„Ruf mich an!" Das klang eindeutig. Aber hieß das wirklich „jetzt, gleich, am besten sofort"? Hatte sie das vielleicht bloß gesagt, um ihn abzuwimmeln? Oder weil sie nach dem Konzert in Superlaune war?

Er stellte sich vor, wie das wäre, sie anzurufen. Die Nummer kannte er natürlich auswendig. In der ersten freien Telefonzelle hatte er nachgeschaut. Mühlhausen, Rudi, Realschulrektor. 'n Pauker also, das machte die Sache nicht leichter. 4 51 77. Womöglich käm der Alte ans Telefon. „Was? Sie wollen mit meiner Tochter sprechen? Die ist nicht da. Kann ich was ausrichten? Spielen wolln Sie mit ihr? So eine Frechheit! Ach so, Cello. Nein, die spielt schon im Schulorchester Cello. Das reicht. Wiederhören."

Oder sie war selbst dran. „Was? Du bist das? Du hast das wirklich ernstgenommen? Find' ich echt komisch. Nee du, war bloß so dahingequatscht. Also, mach's gut."

Thomas merkte, wie ihm allein bei dem Gedanken daran das Gesicht brannte vor Verlegenheit. Mit dem Telefonieren, das war wohl nichts. Vergiß es! Thomas mußte grinsen. *Let it be*. Der Song für alle Lebenslagen.

Aber seine Miene wurde gleich wieder finster. Was sollte er sonst machen? Thomas rüttelte heftig an dem Kasten, um ein paar Tausender abzustauben. Plötzlich ging das Licht aus. Tilt! Verdammte Scheiße! Er warf seinen letzten Fünfziger ein. Während er wartete, daß das Zählwerk zurückdrehte, stupste ihn jemand am Arm. Er drehte sich um. Ein Typ stand hinter ihm, bißchen älter als er, stank meilenweit nach Shit.

„Was is?"

„Schwarzer Afghan. Hundert Prozent rein. Vierfuffzig das Gramm."

„Nich für mich", brummte Thomas. „Hab' keine Kohle und steh' auch nicht auf das Zeug."

„Mann, is echt astreine Qualität. Kein bißchen Nebenwirkung!"

„Du, eh, ich sprech' dir's gern auf Band: Ich will den Stoff nich!"

„Leck mich!"

„Nee, heut nich", gab Thomas zurück. „Krieg' ich immer Kopfschmerzen davon!"

Aber der Typ schlurfte schon weiter und hörte gar nicht mehr hin.

„Nicht geschenkt will ich das Zeug“, murmelte Thomas und setzte eine weitere Kugel in Bewegung. Moment mal, geschenkt? Das wär vielleicht ’ne Lösung! Ein Geschenk, eins, das man nicht selbst vorbeibrachte natürlich. Blumen? Blödsinn! Conny würde es Rainer erzählen, und Rainer würde es in der Schule erzählen.

„Thomas, der Rosenkavalier! Is ja ’ne Supermieze, sag’ ich euch. Selbstverständlich hat er überhaupt keine Chance. Na ja, schaut ihn euch doch an! Mit ein paar Blumen und ’m bißchen Kratzen auf sei’m Cello glaubt er, er kriegt sie rum. Na, die hat sich halb totgelacht, sag’ ich euch!“

Blumen schicken – das war noch viel riskanter als anrufen. Außerdem, für Blumen braucht man Kohle, und seine letzte Kohle steckte in dem Scheißautomaten da! Er sah ohnmächtig zu, wie die endgültig letzte Kugel zwischen den beiden Spielhebeln durchschoß, und gab dem Flipper einen Tritt. O verdammt, let it be!

Let it be? Genau, das war’s!

Schleunigst verließ er den Bunker und trabte ein paar Straßen weiter, wo ein großes Musikaliengeschäft lag.

„Ham Sie *Let it be*?“

„Grade ist ein neues Songbook von den Beatles

reingekommen. Ich glaube, da ist es drin."

„Darf ich mal reingucken?"

Ja, da war es drin. Kinderleicht. C-Dur, Viervierteltakt.

Thomas konzentrierte sich und versuchte, sich den Rhythmus so genau wie möglich einzuprägen. Ein paar heikle Harmonien schrieb er sich auf.

„Danke."

„War's doch nicht das Richtige?"

„Doch, schon." Thomas lächelte die Verkäuferin an. „Hab' bloß im Moment absolut keine Kohle. Nächsten Monat kauf' ich's."

„Okay, bis dann!"

So, jetzt konnte es losgehen.

Thomas nahm den nächsten Bus nach Hause. Pfeif auf den Roten Punkt!

Zu Hause, klar, gab's erst mal wieder Schwierigkeiten. „Wieso kommst du schon nach Hause? Hast du nicht sechs Stunden?"

„Sechste is ausgefallen. Mathelehrer is krank. Is der öfter. Hat was mit 'm Magen, glaub' ich."

„Stimmt das auch, Thomas?"

„Mutti, wenn ich dir's doch sag'!"

Unvermittelt packte ihn der Zorn.

„Außerdem bin ich ja wohl alt genug, um mich um meinen Scheiß selber zu kümmern!"

„Thomas, laß diesen Ton mir gegenüber!"
„Was für 'n Ton?"
„Du, ich wollte sowieso noch mal mit dir reden, wegen gestern. Dein Vater hat sich fürchterlich aufgeregt. Und er ist ja nun auch nicht mehr der Jüngste ..."
„... aber prügeln kann er noch ganz ordentlich!"
„Du provozierst ihn ja auch immer!"
„Provozieren, provozieren! Muß man immer gleich drauflosschlagen? Nur, weil ich mir mit über sechzehn Jahren mal erlaube, um Viertel vor zwölf nach Hause zu kommen?"
„Aber er meint es doch bloß gut!"
„Wenn er schon so prügelt, wenn er's gut meint, was macht er dann, wenn er's schlecht meint?"
„Nein, Thomas, es hat wohl keinen Zweck, mit dir zu reden. Vielleicht kommt der Tag, wo du mich noch mal brauchst. Aber vielleicht steh' ich dann nicht mehr zur Verfügung."
Rumms! Die Küchentür krachte zu.
Thomas ging die Treppe hinauf. Er war manchmal saugrob zu ihr, und es tat ihm jedes Mal leid. Auf der anderen Seite – sie ergriff immer Partei. Immer die Partei seines Vaters. Und da war im Moment nichts zu reparieren. Wußte der eigentlich, wie demütigend es war, sich schlagen zu lassen, wenn man sich nicht wehren durfte? Wollte der nicht kapieren, daß man über manche

Sachen auch anders denken konnte als er? Daß es wichtige Gründe geben konnte, wenn man zu spät kam? Zum Beispiel, daß man sich verliebt hatte?

„Verliebt? In deinem Alter? In deinem Alter, da hab' ich schon schwer gearbeitet. Da hatte ich keine Zeit für solche Sperenzchen!"

Ach was, *let it be!*

Thomas ging in sein Zimmer und hockte sich hinter seinen Schreibtisch. Aus seinem Musikheft riß er alle leeren Seiten raus und schrieb aus dem Kopf die Melodie auf, darunter den Text. Den kannte sowieso jeder, jedenfalls den Anfang.

„When I find myself in times of trouble
Mother Mary comes to me
Speaking words of wisdom,
Let it be."

Dann kam dasselbe noch mal, dann der Refrain. Und so weiter, bis zur letzten Strophe: *„And when the night is cloudy."*

Thomas holte an Arbeit nach, was er sich am Vormittag erspart hatte. Das Essen schlang er in drei Minuten runter, und dann schrieb er, verbesserte, arrangierte, probierte alles auf dem Cello aus.

Drei Stunden später hatte er es fertig: *Let it be* für zwei Celli.

Er pinselte die beiden Stimmen fein säuberlich zweimal ab, unter den Titel schrieb er „Words and music by John Lennon and Paul McCartney and a little bit by Thomas (arrangiert für zwei Cellos)". Darunter kritzelte er noch seine Telefonnummer. So, jetzt hatte sie den Schwarzen Peter, jetzt mußte sie anrufen!

Er stopfte die Blätter in einen Umschlag, klaute seiner Mutter eine Briefmarke und klebte sie drauf; um drei Uhr war der Brief im Kasten. Wenn das gestern Schicksal war, dann mußte jetzt was passieren.

Es passierte was. Nach zwei grauenhaften Tagen, das waren 48 Stunden oder 2280 Minuten oder, wenn man ganz dringend auf etwas wartete, 172 800 Sekunden, nach zwei endlos langen Tagen rief sie an.

Thomas war gleich dran, denn er schlich meistens irgendwo in der Nähe des Telefons herum.

„Hier is Conny."

O Mann, oh, diese Stimme! Sie klang so, wie graugrüne Augen aussehen. So, daß man anfing zu stottern, wenn man sie hörte. Jedenfalls Thomas tat das. „Ha – ha – hallo."

„Ich hab' gestern deinen Brief gekriegt. War echt 'ne witzige Idee. Danke!"

Gestern? Warum rief sie dann erst heute an?

„Och, war bloß so 'n Einfall. Ich dachte, wegen dem Cello und so ..."
„Ja, okay, wann spielen wir zusammen?"
Hurra, es klappte!
„Wie wär's mit ..."
„... morgen?" 24 Stunden, 1140 Minuten, 86 400 Sekunden. Das konnte er vielleicht gerade noch aushalten.
„Morgen ist gut."
„Gebongt. Drei Uhr? Bis fünf hab' ich Zeit."
Wieso bloß bis fünf? Das sind lausige zwei Stunden! „Vielleicht halb drei?"
„Okay. Hast du eigentlich sonst noch Noten für zwei Celli?"
„Klar." Hatte er nicht. Aber die würde er noch besorgen.
„Also dann, bis morgen. Ach ja, wo?"
Am besten neutraler Ort. „Bei euch in der Schule vielleicht?"
„Is gut. Wir treffen uns auf'm Schulhof."
„Bis morgen. Tschüs. Und danke für den Anruf."
„Ich danke dir für deinen Brief."
Das Knacken im Hörer löschte den Nachklang ihrer Stimme aus. Aber das machte nichts. Morgen, morgen, morgen. Morgen war sein Tag.
Thomas schaffte das Unmögliche. Er verlegte eine Nachhilfestunde auf sofort, das brachte fünf Eier. Fünf lieh er sich von seiner Mutter mit dem

Versprechen, sie nach der nächsten Nachhilfestunde zurückzuzahlen. Am nächsten Vormittag ließ er die sechste Stunde sausen (rasende Kopfschmerzen!) und kaufte im Musikgeschäft zum Erstaunen der Verkäuferin einen Band klassischer Cello-Duette. Dazu besorgte er zwei Flaschen Cola und eine Schachtel Zigaretten.

Ab halb zwei war er unruhig wie eine Stubenfliege mit Bauchgrimmen. Knapp eine Viertelstunde brauchte er alles in allem bis zu Connys Schule. War es besser, zu spät zu kommen oder zu früh? Oder auf die Minute?

Thomas beschloß, es wäre am souveränsten, ziemlich beschäftigt zu wirken und ein kleines bißchen (nur ein kleines bißchen, sonst ging sie womöglich) zu spät zu kommen. Weil das mit dem Bus nicht hinhaute, mußte er in einer Nebenstraße mit dem Cellokasten zehn Minuten hin und her marschieren, aber das machte nichts. Taktik war nun mal wichtig.

Als er auf den Schulhof kam, stand sie schon da. Auch wenn die Sonne nicht vom Himmel gebrannt hätte, er wäre auf jeden Fall geblendet gewesen.

Sie hatte das Kinn über den gefalteten Händen auf den Cellokasten gestützt und strahlte: „Hallo."

„Hallo." Thomas konnte nicht anders. Er mußte sie einfach anstarren.

„Is irgendwas?“

„Nein, nein, nur ... nur ... du siehst gut aus.“

„Danke.“ Conny sah plötzlich zu Boden und griff dann energisch nach dem Kasten. „Komm, laß uns anfangen!“

Sie ging voraus, und Thomas trottete hinter ihr drein. Sie hatte wieder so einen kurzen Rock an. Thomas fühlte, wie ihm das Blut in den Kopf stieg. Er war ganz froh, als sie ein Klassenzimmer betreten hatten und mit Auspacken und Stimmen beschäftigt waren, das lenkte ihn ab.

Sie redeten dabei über dies und das, über Schule, über den Ärger mit den Alten und weiß der Teufel über was sonst noch. Thomas hörte nicht auf das, was er selber erzählte, und bei ihr hörte er nur den Klang ihrer Stimme und sah die graugrünen Augen dabei an und die blonden Haare.

Warum durfte man nie sagen, wonach einem gerade war? Warum durfte man nicht sagen: „Du bist das schönste Mädchen, das ich je getroffen habe. Wenn ich dich sehe, wie du hinter dem Cello sitzt, oder wenn ich daran denke, wie du verschwitzt und abgekämpft, aber mit glücklichen Augen *Let it be* gesungen hast, dann klopft mir das Herz bis zum Hals und ich möchte dich sofort in die Arme nehmen?“

Thomas war nahe dran, die Regeln zu vergessen und genau das rauszusprudeln. Aber nur nahe dran. „Hast du ’ne Stimmgabel?“ fragte er statt dessen.

Als sie mit ihren Instrumenten vor dem Notenpult saßen, fragte Conny: „Was spielen wir zuerst?“

„Ich hab’ da ’n paar Stücke mitgebracht“, erwiderte Thomas und legte seine nagelneuen Noten auf das Pult. „Nicht ganz einfach.“

Dann probierten sie. Es klang schauderhaft, denn es war wirklich nicht ganz einfach. Aber je mehr Fehler sie machten, um so mehr lachten sie.

Die Zeit verging wie im Flug.

Irgendwann machten sie Pause, tranken Cola und rauchten eine.

„Ich muß nachher Pfefferminz kaufen“, erklärte Conny und inhalierte genußvoll. „Meine Eltern machen mir die Hölle heiß, wenn ich nach Tabak rieche.“

„Das hab’ ich schon hinter mir“, sagte Thomas. „Früher hab’ ich immer Atemgold dabeigehabt. Und abends, wenn’s mal wieder Krach mit meinem Alten gegeben hat und ich unbedingt in Ruhe draußen eine rauchen mußte, dann hab’ ich Seife mitgenommen und mir im Bach hinterm Haus die Hände gewaschen. Bloß, damit sie nichts merken. Aber inzwischen ist das Klima so beschissen, da kommt’s auf das Rauchen auch nicht mehr an.

Wie is das bei dir? Ich mein', kommst du mit deinen Alten klar?"

Conny blies geräuschvoll den Rauch aus. „Mein Vater is Pauker. So einer von der alten Sorte, verstehst du? Als er mich das erste Mal in so 'nem Rock hier gesehen hat, hat er mich gefragt, ob ich jetzt auf 'n Strich gehn will. So einer isser. Meine Mutter, die hat nichts zu sagen. Also, Spitzenklima bei uns."

Conny lächelte, und Thomas beschloß, sein Zimmer graugrün zu tapezieren.

„Aber jetzt laß uns endlich *Let it be* spielen!"

Es klang wunderbar. Klar, mit Klavier und Baß wär es noch besser gewesen, aber auch so war es echt gut.

Conny sang leise mit: *„... whisper words of wisdom, let it be."*

67 Takte lang wußte Thomas, was es hieß, glücklich zu sein.

Dann sah Conny auf die Uhr und sagte: „Mensch, tut mir echt leid, Thomas, aber jetzt muß ich los!" Sie stand auf und packte ihr Instrument ein.

„Wieso? Mußt du so bald zu Haus sein?"

„Nein." Conny klickte ein paarmal mit einem der Schnappverschlüsse des Kastens und schaute auf den Boden. „Nein. Aber um fünf kommt mein Freund mit dem Motorrad und holt mich ab."

„Ach so." Nur diese zwei Worte, sonst nichts. Dahinter war Leere, in die allmählich ein einziger Gedanke eindrang: Laß dir nichts anmerken, laß dir nichts anmerken!! „Mit dem Motorrad? Geht das denn? Ich mein', mit dem Cello?" Nur nichts anmerken lassen!

„Ja, schon, wenn man ganz vorsichtig fährt." Conny ließ den Verschluß endgültig zuschnappen. „Also, ich geh' dann." Sie sah ihn nicht an. Wenigstens mußte er nicht in die graugrünen Augen schauen.

„Okay, bis dann. Tschüs."

„Tschüs."

Er blickte nicht mehr auf, bis er hörte, wie sich ihre Schritte auf dem Gang entfernten. *Let it be.* Allein ist's auch schön, Thomas. *Let it be*! Er klemmte sich hinter sein Cello und spielte *Let it be*, bis ihm die Melodie zu den Ohren wieder rauskam.

Aber es half überhaupt nichts.

Turaluraluralu

(1983)

Martina fing an, sich ordentlich zu ärgern. Eigentlich war es ja ganz nett von dem Typen gewesen, seine Studenten nach Semesterschluß einzuladen. Aber wie er sich jetzt aufführte, das ging ihr ziemlich auf den Geist. Ob das bloß am Bier lag, oder ob der echt so war?

„Ihr seid eigentlich 'ne ganz schön verpennte Generation", tönte er gerade. „Das merkt man schon an der Musik, die ihr hört. *Dadada*. Typisch! Neue deutsche Welle, daß ich nicht lache! Saftloses Zeug, ohne Feuer, ohne Engagement."

„Was Sie nicht sagen!" fauchte Martina in einem Ton, der alles andere als saftlos oder ohne Feuer war. „Wir hören *Dadada*, aber Sie haben die Augen verdreht, wenn ein paar frustrierte Proletariersöhne *Yea, yea, yea* gegrölt haben. Wo ist da der Unterschied?"

Dr. Hermann Lange, seines Zeichens Assistent am zoologischen Institut der Universität, sah sie mit hochgezogenen Brauen an.

„Also erstens“, erwiderte er und hatte wieder diesen leicht hochnäsigen Ton drauf, der sie so anödete, „haben die Beatles nicht gegrölt, sondern klasse Musik gemacht.“

Das stimmte, das fand Martina eigentlich auch, aber sie gab es natürlich nicht zu. Nicht hier und jetzt.

„Und zweitens wollte ich Ihnen ...“ Er unterbrach sich und lächelte in die Runde. „Übrigens, wenn Sie nichts dagegen haben, könnten wir auf das ‚Sie‘ verzichten?“ Wenn er so lächelte, sah er selbst noch wie ein Student aus und wirkte plötzlich schüchtern und verletzlich. Wie alt mochte er wohl sein? Vielleicht dreißig? „Ich höre auf den unglücklichen Namen Hermann“, fuhr er fort, „wie der Cherusker, aber ich bin nicht so.“

Doch den Draufgänger spielst du auch ganz gern, dachte Martina, prostete ihm zu und murmelte: „Martina.“

Die anderen folgten ihrem Beispiel.

„Und außerdem wollte ich dir begreiflich machen“, das schüchterne Lächeln schwand, als er sie wieder ansah, und die Augenbrauen wurden erneut hochgezogen, „daß Musik etwas über die Leute aussagt, die sie hören. Bob Dylan, die

Stones, Wolf Biermann, Degenhardt – kennen Sie ... äh, kennst du gar nicht mehr, was? *Spiel nicht mit den Schmuddelkindern* zum Beispiel, das war alles echt starke Musik, und dazu hatte sie auch noch was zu sagen, verstehst du? Sie bezog Stellung, sie trat für etwas ein oder sie protestierte gegen etwas. Und wir waren genauso. Wir wollten nicht alles hinnehmen. Wir wollten was ändern. Aber ihr heute? Ihr kümmert euch um überhaupt nichts und seid bloß mit euch selbst beschäftigt."

„Ach ja, sind wir das?"

„Ja. Immer nur am Jammern, wie euch alles nervt und streßt und wie schlecht's euch geht und wie miserabel eure Aussichten sind. Null Bock und no future, hat ja doch keinen Zweck, was geht mich das an. Das ist das, was man von euch zu hören kriegt."

Martina merkte, daß die anderen auf ihre Entgegnung warteten. Irgendwie schienen sie das für ein Duell zwischen ihr und diesem Besserwisser zu halten. Na gut, das konnten sie haben!

„Was sind denn dagegen die großen Leistungen deiner Generation?" fragte sie und sah ihn herausfordernd an.

„Wir haben immerhin einiges bewegt ..."

„Tatsächlich, bist du da so sicher?" Martina nahm einen großen Schluck aus ihrem Weinglas. „Was habt ihr denn bewegt? Habt ihr erreicht, daß

10 0021-10

man studieren darf, was man will, ohne sich einem unsinnigen Numerus clausus[7] fügen zu müssen? Habt ihr erreicht, daß Frauen die gleiche Chance im Beruf haben wie Männer? Habt ihr erreicht, daß die Mieten niedriger, die Professoren zugänglicher, die Städte menschenfreundlicher geworden sind? Nichts habt ihr erreicht, außer euer Selbstbewußtsein zu stärken. Und deshalb lehnt ihr euch heute bequem zurück in euren gepolsterten Sesseln, kassiert eure Gehälter, streicht euch übers Bäuchlein und sagt zufrieden: ‚Was bin ich doch für ein gescheiter, kritischer Mensch, was habe ich nicht alles verändert, wie bin ich doch diesen Dummköpfen von heute überlegen!' Und das bloß, weil ihr mal ein paar Monate beim SDS[8] wart und auf einem Dutzend Demos ‚Nie wieder Krieg' und ‚Nazis raus' gebrüllt habt. Echt toll, muß ich schon sagen!"
Martina hatte sich in Hitze geredet. Sie leerte ihr Glas und beschloß, sich ein weiteres zu bestellen. Wenn sie in dem Tempo weiterschluckte, würde sie nachher ganz schön einen im Kahn haben. Aber dieser Typ machte einfach Durst!

Er schien ziemlich betroffen zu sein von dem, was sie ihm an den Kopf geworfen hatte, denn er starrte eine Zeitlang vor sich hin und drehte sein Glas in den Händen. Dann erwiderte er ziemlich lahm: „Gut, wenn auch nicht alles wahr geworden ist, was wir uns erträumt haben, ist das ein Grund, sich bloß selbst zu bemitleiden?“

Einer von Martinas Freunden stand auf und sagte: „Kommt, hört jetzt auf zu streiten. Ich order' mal 'n paar Takte Musik. Will noch jemand was trinken?“ Er nahm die Bestellungen auf und marschierte dann zur Theke, um einige Minuten später mit einem vollbeladenen Tablett wiederzukommen. „Aufgepaßt!“ sagte er.

Dann knisterte es irgendwo im dekorativ geschrubbten Eichengebälk über ihnen, und es tönte: *„Bumm bumm bumm pipp pipp, bumm bumm bumm, pipp pipp.“* Und dann setzte er auch schon ein, unverkennbar, ein bißchen rauh und kratzig, der Vorsänger der Gruppe Trio:

„So weit weg und lange her,
ich erinner' mich nicht mehr,
war'n da Lichter an dem Baum,
oder war es nur ein Traum?
Uh, wir haben viel gelacht,
soviel Sterne in der Nacht,
turaluraluralu,
ich mach' bubu, was machst du?“

„Na, bitte“, meinte Hermann abschätzig, „da habt ihr eure neue deutsche Welle. Und was soll nun das Gesäusel? Kennt ihr das Lied von Bob Dylan ...“

„Pssst, jetzt nicht. Still, hör doch mal zu!"
Hermann schwieg beleidigt.

„Schöne, warme, weiche Frau,
ich erinner' mich genau,
turaluraluralu,
ich mach' bubu, was machst du?"

„Und?" fragte Martina, „darf man das nicht singen? Einfach ein stilles Liebeslied, mit einem kleinen ironischen Unterton? Ich find's schön!"
„Ich find's eigentlich auch ganz nett", sagte Hermann, völlig ohne gönnerhaften Unterton.
Und so endete der Abend unentschieden.

Ein paar Tage später machte Martina ein paar Einkäufe in der Stadt. Sie hatte es nicht eilig, und so warf sie auch einen Blick in das Fenster einer Eduscho-Filiale. Da sah sie Hermann, wie er an einem Tischchen des Stehausschanks lehnte und einen Kaffee trank. Er sah nett aus, fand sie, so ohne seine Pose und sein herablassendes Getue. Kurz entschlossen öffnete sie die Tür und ging zu ihm in den Laden. „Hallo, Ex-Revoluzzer!"
„Hallo, No-future-Type!"
Man sah ihm an, daß er sich freute, sie zu sehen.
„Soll ich dir einen Kaffee holen?"
Martina nickte. „Ja, gerne."

Als sie dann beide nebeneinander vor ihren Tassen standen, schwiegen sie zunächst verlegen, wußten nicht recht, ob sie das Streitgespräch, das sie neulich halb scherzhaft, halb ernst begonnen hatten, fortsetzen sollten.

Erst als einer dem andern auf die rechte Hand schaute, die zum zwanzigsten Mal mit dem Löffel durch den Kaffee rührte, sahen sie sich an und mußten lachen.

„Das war zu allen Zeiten gleich", meinte Hermann, „die Schwierigkeit, einen Anfang zu finden." Entschlossen trank er seinen Kaffee aus.

„Komm, gehn wir ein Stück!“ schlug er vor.

„Wenn du mir ein bißchen Zeit läßt ... Mein Kaffee ist nämlich noch kochendheiß!“

„Entschuldige!“

„Schon gut“, sagte Martina, „das ist eben dein revolutionäres Temperament.“

Später, als sie auf der alten Brücke über den Fluß spazierten, fragte Martina: „Die Zeit damals, als du studiert hast, sie bedeutet dir ziemlich viel, nicht?“

Hermann nickte. „Man hatte das Gefühl, daß man sich frei entscheiden konnte – in allen Dingen. Aufstehen, wann man wollte. Denken und sagen, was man wollte. Kennenlernen, soviel man wollte. Wenn's mich gejuckt hat, hab ich morgens, bevor ich die Zoologieübungen besucht hab, eine Vorlesung in griechischer Philosophie gehört, und abends eine über englische Literatur. Wenn mir danach war, hab ich auch den ganzen Tag gepennt. Aber nie hat mir jemand erzählen wollen, wie und wo ich was zu machen habe. Jetzt ist das anders.“ Hermann hob ein Bonbonpapierchen auf und ließ es über die Brüstung fallen.

Die beiden sahen ihm hinterher, wie es langsam abwärts trudelte, einen winzigen Augenblick auf der Wasseroberfläche schwebte und dann in der rauschenden Strömung unter der Brücke verschwand.

„Und das Engagement“, erkundigte sich Martina, „war das wirklich so groß, wie du neulich behauptet hast?“

„Ach ja, neulich.“ Hermann schaute verlegen. „Da hab’ ich mich wohl ziemlich blöd aufgeführt, oder?“

„Na ja, es ging.“ Martina zögerte, aber dann fuhr sie rasch fort: „Jedenfalls nicht blöder als ich. Ich hab’ mich bloß so geärgert, weil du so überlegen getan hast ...“

„... und ich mich, weil ihr alle dahergeredet habt, als ob euch das Schicksal Gott weiß wie schwer geschlagen hätte, dabei beginnt für euch jetzt die schönste Zeit.“ Hermann dachte nach. „Ich glaube, das hat auch was mit dem zu tun, was ich mit Engagement gemeint habe“, sagte er schließlich. „Die Freiheit, sich für etwas einsetzen zu können, ohne Rücksichten nehmen zu müssen. Immer die Partei der Schwachen ergreifen zu dürfen, ohne nach Kompromissen zu suchen und nach dem Möglichen zu fragen. Einfach mal Anarchie und freie Sexualität zu fordern, ohne sich um die Folgen zu scheren. Unser Engagement war Bestandteil unserer Freiheit. Deshalb fand ich’s so deprimierend, daß du und die andern sich selbst mit ihrem No-future-Standpunkt ihre Freiheit so sehr beschneiden.“

Sie schlenderten weiter, über die Brücke in die

verwinkelten Gäßchen, die am Fuß des Festungsbergs lagen.

„Glaubst du wirklich, eine ganze Generation besteht bloß aus Waschlappen, die ohne Grund vor Selbstmitleid triefen?“ fragte Martina nach einiger Zeit. „Das wäre gegen die Statistik. Du mußt bedenken, daß unsere Jugend ganz anders verlaufen ist als eure. Ihr habt Perspektiven gehabt, jede Menge. Vielleicht bloß deshalb, weil ihr alles ändern wolltet. Aber es war ja auch genug da, was geändert werden mußte. Wir haben nicht mehr soviel Perspektiven wie ihr. Wir haben nämlich an euch gesehen, daß sich nicht viel ändern läßt. Zu den alten Problemen sind neue gekommen. Wer von euch hat sich Gedanken über die Zerstörung der Umwelt gemacht? Heute sagen manche, sie ist schon so kaputt, daß man den Schaden gar nicht mehr gutmachen kann. Ihr habt alle einen Job gekriegt. Von uns werden viele arbeitslos, so wie's jetzt aussieht ...“

„Und das ist alles so glasklar, daß man heute schon aufgibt? No future, also brauch' ich gar nicht erst irgendwas anzufangen?“ Ein rascher Blick zu Martina, und er bemerkte, daß ihre Augen unheilverkündend funkelten. „Ich frag' ja bloß“, sagte er eilig.

Aber Martina ging darauf nicht ein. „Wolltest du schon immer Zoologe werden?“ fragte sie.

„Das kommt darauf an, was du mit ‚immer' meinst. So seit der zehnten, elften Klasse hab' ich keinen anderen Wunsch mehr gehabt."

„Siehst du", rief Martina, „das ist auch so ein Punkt. Du konntest werden, was du wolltest. Mich interessiert Zoologie ungefähr so viel wie ... wie ... wie ..." Sie stockte, als sie Hermanns enttäuschtes Gesicht sah. „Also, schon, aber eigentlich will ich Medizin studieren. Bloß, mein Abischnitt reicht für den Numerus clausus nicht aus. Ich hoffe, du siehst jetzt endlich ein, daß man heute viel schlechter dran ist als damals."

Hermann nickte verständnisvoll. „Unendlich viel schlechter. Allerdings ... den Numerus clausus gab's damals auch schon."

„Ach, was!" sagte Martina. „Widersprich mir nicht immer und kehr nicht deine Altersweisheit raus!"

„Das ist nun mal so", erwiderte Hermann, „uns trennen Welten. Ein Jahrzehnt, das ist der hundertste Teil eines Jahrtausends!"

Das sollte spöttisch klingen, aber Martina merkte, daß es ganz ernst gemeint war.

„Falsch!" rief sie deshalb, „Frauen erreichen die geistige Reife mindestens zehn Jahre früher als Männer. Wir sind also genau gleich alt!" Sie hängte sich bei ihm ein und fuhr fort: „Komm, laß uns zurückgehen. Ich bin nämlich eigentlich in die Stadt gegangen, um Einkäufe zu machen."

Auf dem Rückweg liefen sie schweigend nebeneinander her; Martina summte leise irgendwas vor sich hin, bis Hermann neugierig fragte: „Was summst du da eigentlich?"

„Ach", sagte Martina betont gleichgültig, „das wirst du nicht kennen."

Halblaut begann sie zu singen:

„The answer, my friend,
is blowin' in the wind,
the answer is blowin' in the wind."

„Das ist das schönste Lied von Bob Dylan", sagte Hermann. „Peter, Paul & Mary ... das waren noch Zeiten! Woher kennst du das?"

„Och", meinte Martina, „typisch für die No-future-Generation, immer rückwärts gewandt."

„Das ist eben der Unterschied." Hermann lachte sie an.

„Ein Gruftie wie ich ist auf der Höhe der Zeit."

Er blies sich auf und sang so laut, daß ihn zwei ältere Damen, die auf der Brücke die Tauben fütterten, mit einer Mischung aus Neugier und Abscheu musterten:

„Schöne, warme, weiche Frau
ich erinner' mich genau
turalura..."

„Also, falls ich gemeint sein sollte", unterbrach Martina ihn eisig, „‚weich' ist eine Frechheit!"

Dann verabschiedeten sie sich, aber sie wußten beide, daß es nicht für lange sein würde.

Gerade zwei Tage waren vergangen, als Martina spät abends in ihrem kleinen Apartment saß und über einer Seminararbeit brütete. Da klingelte es.

Nicht gerade erzürnt über die Ablenkung stand sie auf und öffnete. Draußen stand Hermann und grinste sie fröhlich an. „Turaluraluralu", sagte er, „ich mach' bubu, was machst du?"

„Ich langweile mich und denke darüber nach, wie mies ich dran bin. Warum fragst du?"

„Ich hätte Karten für die Spätvorstellung im ‚City'. Ein wahnsinnig guter Film über ..."

„Nein, danke", sagte Martina und grinste zurück, „null Bock! Aber wenn du mich in eine stille Weinkneipe einladen willst, wo ich dir in die Augen schauen und meinen ganzen Frust bei dir abladen kann, dann sage ich ja."

„Einverstanden", sagte Hermann.

Dann gingen sie Hand in Hand los und dachten beide an die Zukunft.

Anmerkungen

1) **Deutsche Freischar:** 1927 aus verschiedenen Wandervogel- und Pfadfinderorganisationen zusammengeschlossener Jugendbund

2) **Junge Pioniere:** Jugendorganisation der KPD

3) **Bolschewismus:** anderes Wort für den sowjetischen Kommunismus, von „Bolschewiki" (= die Mehrheit)

4) **Bohemiens:** unkonventionell lebende Literaten, Maler und Musiker

5) **BDM (Bund Deutscher Mädel):** in der Zeit des Nationalsozialismus' Gliederung für Mädchen von 14 bis 18 Jahren; ab 1939 war die Mitgliedschaft Pflicht

6) **EK (Eisernes Kreuz):** ein Kriegsorden in mehreren Klassen, den es seit 1813 gab und der ab 1914 und 1939 neu verliehen wurde

7) **Numerus clausus:** Anfang der siebziger Jahre eingeführte Zulassungsbeschränkung für unterschiedliche Studienfächer, vor allem medizinische

8) **SDS (Sozialistischer Deutscher Studentenbund):** einflußreiche Gruppierung während der Studentenunruhen ab Mitte der sechziger Jahre, mit ablehnender Haltung gegenüber Staat und Gesellschaft der Bundesrepublik

Harald Parigger

lebt in Rosenheim und arbeitet als Historiker am Haus der Bayerischen Geschichte. Neben wissenschaftlichen Aufsätzen schreibt er Lyrik, Theaterstücke und Geschichten, vor allem für Kinder, und historische Erzählungen für junge und erwachsene Leser.
Im Franz Schneider Verlag sind von ihm bereits zahlreiche Bücher erschienen, u. a. der historische Roman „Der Schwarze Mönch“.